16	3	2	13
5	10	11	8
9	6	7	12
4	15	14	1

Coleção LESTE
Narrativas da Revolução

Iuri Oliécha

INVEJA

Tradução, posfácio e notas
Boris Schnaiderman

Apresentação
Bruno Barretto Gomide

editora■34

EDITORA 34

Editora 34 Ltda.

Rua Hungria, 592 Jardim Europa CEP 01455-000
São Paulo - SP Brasil Tel/Fax (11) 3811-6777 www.editora34.com.br

Copyright © Editora 34 Ltda., 2017
Tradução © Boris Schnaiderman, 1963

Yuri Olesha's Russian texts copyright
© by Varvara Shkolvskaya-Kordi, 2017
Portuguese publishing rights are acquired
via FTM Agency, Ltd., Russia, 2017

A FOTOCÓPIA DE QUALQUER FOLHA DESTE LIVRO É ILEGAL E CONFIGURA UMA
APROPRIAÇÃO INDEVIDA DOS DIREITOS INTELECTUAIS E PATRIMONIAIS DO AUTOR.

Título original:
Závist

Capa, projeto gráfico e editoração eletrônica:
Bracher & Malta Produção Gráfica

Revisão:
Alberto Martins

1ª Edição - 2017

CIP - Brasil. Catalogação-na-Fonte
(Sindicato Nacional dos Editores de Livros, RJ, Brasil)

Oliécha, Iuri, 1899-1960
O724i   Inveja / Iuri Oliécha; tradução,
posfácio e notas de Boris Schnaiderman;
apresentação de Bruno Barretto Gomide. —
São Paulo: Editora 34, 2017 (1ª Edição).
192 p. (Coleção Leste)

Tradução de: Závist

ISBN 978-85-7326-681-8

1. Literatura russa. I. Schnaiderman,
Boris, 1917-2016. II. Gomide, Bruno Barretto.
II. Título. III. Série.

CDD - 891.73

INVEJA

Narrativas da Revolução: uma apresentação,
Bruno Barretto Gomide 7
Nota à presente edição 13

INVEJA

Primeira parte 15
Segunda parte 93

Posfácio, *Boris Schnaiderman* 176

Sobre o autor 188
Sobre o tradutor 189

NARRATIVAS DA REVOLUÇÃO: UMA APRESENTAÇÃO

Bruno Barretto Gomide

O caldeirão revolucionário russo incorporou a fervura artística da Era de Prata — o nome singular que a cultura russa dá para seu "fim de século" e sua *belle époque* —, ao passo que a pulverizava e a metamorfoseava. O ambiente cultural decorrente da revolução de 1917 já foi, com toda a justiça, saudado em função das extraordinárias inovações realizadas na pintura, nas artes gráficas e decorativas, no cinema, no teatro, na arquitetura e na literatura, em prosa e verso.

Os contos, novelas e romances que brotaram de 1917 foram marcados por radicalidade estética e contundência histórica que nada deviam aos momentos mais ousados da poesia russa, a pioneira na captura de uma época que requeria formas breves e agilidade de produção e de circulação. Os primeiros textos da revolução estavam destinados a folhetos do exército, jornais murais e ágoras vermelhas. Ou à sobrevivência rarefeita dos intelectuais, constrangidos por uma conjuntura áspera, marcada por tifo, frio, fome e pela falta de recursos para publicações (a famosa falta de papel servindo de musa da concisão). Era preciso lidar, em doses variáveis de engajamento, com as novas instituições culturais soviéticas, adaptar o formato das "revistas grossas" para o novo contexto. Elaborou-se uma nova prosa de ficção, experimental e provocadora, que condensava as vinte e quatro horas do romance tolstoiano nos cinco minutos mais significativos, como propunha Isaac Bábel. Por meio de um manejo brilhante da ambiguidade, da montagem, do fragmentário e do caleidoscópico, ela ajudava a criar a sofisticação brutal da arte do período: "a revolução tem cheiro de órgãos sexuais", na definição dada pelo personagem de uma novela de Pilniák.

A série Narrativas da Revolução apresenta, no centenário das revoluções de 1917, cinco importantes textos elaborados na primeira década revolucionária e diretamente relacionados aos eventos da Rússia Soviética. Eles dialogam com a grande tradição da literatura russa do século XIX e com vertentes do modernismo e das vanguardas russas. São eles: *O ano nu* (Boris Pilniák, 1921), *Viagem sentimental* (Viktor Chklóvski, 1923), *Nós* (Ievguêni Zamiátin, publicado em 1924, em tradução para o inglês), *Diário de Kóstia Riábtsev* (Nikolai Ogniór, 1926) e *Inveja* (Iuri Oliécha, 1927), a maioria inédita em tradução direta do russo.

Coincidem, portanto, com os desdobramentos da Revolução de Outubro (o termo a ser utilizado para a intervenção dos bolcheviques pode ser discutido infinitamente; a conjuntura política, social e cultural, porém, era inegavelmente revolucionária), da Guerra Civil e da Nova Política Econômica, sobretudo destes dois últimos. É interessante observar como, afora o romance temporão de Boris Pasternak, *Doutor Jivago*, a ficção soviética quase não criou textos relevantes sobre Fevereiro e mesmo Outubro, aí incluídas as etapas intermediárias de "abril" ou "julho". A tarefa ficou a cargo dos escritores emigrados, tais como Mikhail Ossorguin. A nova literatura soviética concentrou-se no caos épico das guerras civis de 1918-1921, nas vicissitudes de uma emigração que naquela altura ainda era entendida como, possivelmente, transitória, e nas instabilidades tragicômicas da nova vida soviética.

As narrativas de Pilniák, Zamiátin, Chklóvski, Ogniór e Oliécha permitem discutir o valor da nova literatura soviética. Parte expressiva da crítica literária escrita fora da União Soviética tentou minimizar a importância dos novos contos e romances a partir de uma comparação incômoda com os titãs do romance russo do século XIX. As defesas da literatura soviética quase sempre vinham atreladas a posições político-partidárias que acabavam por anular o seu peso crítico real. Observe-se, na contramão desse tipo de hierarquização, a posição assumida por Boris Schnaiderman desde seus primeiros textos na imprensa, nos quais apontou o estatuto de grande arte dessa nova prosa revolucionária — e soviética. Dentro da União Soviética, a posição daqueles escritores também era ambivalente. Trótski e Lunatchárski, como se sabe, agruparam vários dos supracitados na etiqueta de *popúttchiki* — "companheiros de viagem". Em que pesem os méritos críticos, a acuidade sociológica e a flexibilidade política daqueles revolucionários, o jargão situa autores muito diferentes em uma posição intermediária que é incompatível com a variedade artística que eles oferecem.

Portanto, um caminho sugerido pelas "narrativas da revolução" é o da discussão do que é "soviético". É tudo que foi criado na Rússia soviética depois de outubro de 1917, independentemente da posição política ou da temática escolhida pelo artista, ou é algo que possui uma relação mais orgânica e substancial com a nova cultura? Não há dúvidas de que, nesse último sentido, Gladkóv é um autor soviético — mas e Akhmátova, também não o seria, como sugerem algumas visões "heréticas"? Boa parte da escrita *émigrée* lamentava a destruição da cultura russa pelo comunismo e creditava as qualidades eventuais da literatura pós-1917 aos sobreviventes da Era de Prata que haviam permanecido em território sovietizado. Todos os grandes artistas depois da revolução haviam se formado, ou já eram artistas consumados, antes de "outubro", rezava o argumento, em geral aplicando aspas irônicas ao mês aziago. É um questionamento respeitável, mas que tropeça diante de Bábel, Platónov, Chalámov, Bródski e também de muitos dos autores reunidos nesta série, quase todos ingressados efetivamente na vida literária depois da revolução.

Ao encerrar a escolha de obras em 1927, no limiar do primeiro Plano Quinquenal, esta série busca meramente uma proximidade temporal maior das narrativas com a explosão revolucionária inicial, uma primeira elaboração temática e formal, e não subscreve necessariamente a tese do fim cabal de uma cultura russo-soviética relevante assinalado pela consolidação do poder stalinista.

Cabe aqui apenas apontar a disputa óbvia e bem conhecida em torno desses limites cronológicos. Escritores emigrados recuaram o sepultamento da literatura russa para fins de 1917 ou, no melhor dos casos, 1921 ou 1922; pesquisas recentes têm sugerido, em via inversa, o prolongamento de vertentes modernas cultura stalinista adentro e, de modo geral, uma discussão em torno das fronteiras muito convencionais, repisadas de modo quase automático, entre os anos 1920 e 1930, entre as vanguardas e a produção cultural do período stalinista. Diferenças verificáveis, certamente, mas que precisam ser revisitadas por métodos e olhares sempre renovados, ou corre-se o risco de transformar a necessária crítica ao dogmatismo cultural soviético em um dogmatismo historiográfico.

Não se deduza disso, evidentemente, algum tipo de desagravo aos horrores da ditadura stalinista, na qual os autores reunidos nesta série encontraram a morte, o silêncio, o exílio ou a assimilação desconfortável, mas apenas a indicação de que não há maneira definitiva de abordar as relações complexas entre artista, sociedade e Estado na Rússia.

Por fim, um breve comentário sobre a circulação brasileira destas narrativas: trata-se, na maioria dos casos, da reintegração de autores que dispuseram de certa reputação jornalística e editorial. Pilniák foi o primeiro a ser publicado por aqui, com *O Volga desemboca no mar Cáspio*, em edições dos anos 1930 e 1940. O título solene indica que já não estamos no mesmo terreno experimental de *O ano nu*, um romance muito traduzido no exterior e que ganha agora tradução brasileira. Pilniák foi o primeiro escritor soviético a ter seu destino trágico comentado pela imprensa internacional e brasileira, que então falava de seu desaparecimento, em 1938 (não se sabia do seu fuzilamento). Em menor escala, ventilava-se o nome de Zamiátin, também em função da repressão soviética, e de sua subsequente emigração.

O *Diário de Kóstia Riábtsev*, de Ognióv, adquiriu notoriedade mundial em edições francesas, espanholas e norte-americanas, ganhando, inclusive, uma das traduções de "Jorge Amado", nome de fantasia para o tradutor, ou tradutores, que prepararam volumes soviéticos para a Editora Brasiliense em meados da década de 1940. Ao contrário dos outros escritores presentes nesta série, Ognióv foi um nome da literatura soviética que luziu e depois desapareceu por completo, mesmo em círculos especializados — uma injustiça com o seu romance, que faz uma das leituras mais intrigantes da revolução.

Chklóvski, conhecido por sua contribuição para a crítica formalista, ganha finalmente tradução de um dos volumes de sua brilhante e inclassificável série de autobiografias ficcionais. E Oliécha reaparece no Brasil em uma excelente tradução de Boris Schnaiderman, que ficara meio esquecida numa reunião de novelas russas dos anos 1960 (Cultrix, 1963). O tradutor considerava o seu conterrâneo (ambos nascidos na Ucrânia central e crescidos em Odessa) um dos pontos altos da literatura russa — de todos os tempos.

NOTA À PRESENTE EDIÇÃO

A presente tradução de Boris Schnaiderman da novela *Inveja*, de Iuri Oliécha — publicada pela primeira vez em 1963, no volume *Novelas russas*, da editora Cultrix de São Paulo —, foi realizada a partir do texto das *Izbranie sotchiniêniia* [Obras escolhidas] do autor, editado pela Editora Estatal de Belas-Letras de Moscou em 1956. Para esta edição, foram feitas pequenas alterações de pontuação, colocação pronominal e atualização de termos que, desde sua primeira publicação, caíram em desuso. As notas acrescentadas pela Editora 34 estão assinaladas como (N. da E.), as notas do tradutor seguem como (N. do T.).

PRIMEIRA PARTE

I

Todas as manhãs, ele canta no WC. Imaginem como é sadio e rico de alegria de viver. A vontade de cantar surge nele por um reflexo. Estas suas canções, em que não há melodia nem palavras, mas unicamente um *ta-ra-ra*, gritado em diferentes variações, podem ser interpretadas assim: "Como me é agradável viver... *ta-ra! ta-ra!*... Os meus intestinos são elásticos... *ra-ta-la-ta-ra-ri*... Os sucos movem-se em mim corretamente... *ra-ta-ta-du-ta-ta*... Encurta-te, tripa, encurta-te... *tram-ba-ba-bum!*"

Quando, de manhã, ele se levanta, passa por mim (finjo dormir), atravessa a porta que leva para as profundezas do apartamento e vai ao WC, a minha imaginação voa atrás dele. Ouço um reboliço naquele quartinho, onde mal cabe o seu corpo volumoso. O seu ombro roça o lado interno da porta que bateu, os cotovelos chocam-se com as paredes, e ele vai movendo as pernas. Há um vidro oval e fosco embutido na porta do WC. Ele gira o comutador, o oval fica então iluminado de dentro para fora e torna-se belo, cor de opala, um ovo. Mentalmente, vejo esse ovo, suspenso na treva do corredor.

Ele pesa seis *pudes*.[1] Recentemente, descendo não sei onde uma escada, notou tremer-lhe o peito, acompanhando o

---

[1] *Pud*: medida russa de peso, correspondente a 16,38 kg. (N. do T.)

ritmo dos passos. Por isto, decidiu-se a uma nova série de exercícios ginásticos.

É uma personalidade masculina exemplar.

Geralmente, faz ginástica não no seu quarto de dormir, mas no quarto de destinação indefinida, que eu ocupo. Aí há mais espaço, mais ar, mais luz, mais irradiação. Um frescor jorra pela porta aberta do terraço. Ademais, aí há um lavatório. Ele traz do quarto de dormir uma esteira.

Está nu até a cintura, de ceroula de malha, com um único botão no meio da barriga. O mundo cerúleo e róseo do quarto gira na objetiva de madrepérola do botão. Quando ele se deita de costas sobre a esteira e começa a levantar alternadamente as pernas, o botão não resiste. Desnuda-se-lhe a virilha. Tem virilha magnífica. Uma tenra mancha ruiva. Cantinho secreto. Uma virilha de reprodutor. Vi uma virilha com o mesmo fosco de camurça num antílope macho. A um simples olhar dele, as moças, suas secretárias e escriturárias, ficam certamente atravessadas por correntes elétricas de amor.

Lava-se como um menino, faz gaita com as mãos, dança, funga, grita. Apanha água a mancheias e, antes de levá-la às axilas, espalha-a pela esteira. A água espraia-se sobre a palha em gotas cheias, límpidas. Caindo na bacia, a espuma ferve como um bolinho de massa na frigideira. Às vezes, o sabão o cega, e ele blasfema e esfrega as pálpebras com os dedos grandes. Gargareja ruidosamente. Gente para então sob o terraço, levantando a cabeça.

Temos agora a mais rósea, a mais suave das manhãs. A primavera no auge. Aparecem jardineiras de madeira nos parapeitos de todas as janelas. Pelas suas fendas, filtra-se o vermelhão da florada.

(Os objetos não gostam de mim. A mobília procura me fazer tropeçar. De uma feita, não sei que mesa envernizada literalmente me mordeu. Tenho sempre uma relação complicada com o cobertor. A sopa que me servem nunca esfria. Se alguma porcaria, como uma moeda ou uma abotoadura, cai da mesa, ela geralmente rola para baixo de um móvel difícil de empurrar. Arrasto-me então pelo chão e, levantando a cabeça, vejo o aparador rindo de mim.) As alças azuis dos suspensórios pendem-lhe dos lados. Ele vai para o quarto de dormir, encontra o *pince-nez* sobre uma cadeira, ajeita-o diante de um espelho e volta ao meu quarto. Aí, parado no centro, levanta as alças dos suspensórios, ambas de uma vez, como se jogasse um fardo aos ombros. E não me diz palavra. Finjo dormir. O sol concentra-se em dois feixes ardentes nas plaquinhas metálicas dos seus suspensórios. (Os objetos gostam dele.)

Não precisa pentear-se, nem pôr em ordem a barba e o bigode. Tem os cabelos cortados curto e bigodes muito aparados, bem embaixo do nariz. Parece um menino grande e gordo.

Apanhou um frasco; a rolha de vidro regougou. Ele esparramou água-de-colônia na palma da mão e passou esta sobre o globo da cabeça: da fronte à nuca e vice-versa.

De manhã, ele toma dois copos de leite frio: apanha no aparador uma leiteirinha, enche o copo e toma-o sem se sentar.

A primeira impressão que me causou deixou-me abismado. Eu não podia admitir, não podia supor. Ele estava diante de mim num elegante terno cinzento e recendia a água-de-colônia. Tinha os lábios frescos, ligeiramente avançados. Era, afinal de contas, um elegante.

Com muita frequência, eu acordo de noite com os seus roncos. Embotado, não compreendo do que se trata. Parece que alguém diz, ameaçador, sempre o mesmo: *Krakatou...*
Krra... ka... touuu...

Deram-lhe um apartamento magnífico. Que vaso está sobre um suporte envernizado, junto à porta do terraço! Um vaso da mais fina porcelana, redondo, alto, que transluz um vermelho terno, sanguíneo. Lembra um flamingo. O apartamento fica num terceiro andar. O terraço surge suspenso no espaço imponderável. A larga rua de arrabalde parece uma estrada real. Embaixo, em frente, há um jardim: um jardim arborizado, pesadão, típico dos arredores de Moscou, uma aglomeração desordenada de plantas crescidas num terreno baldio, entre três paredes, como num forno.

Ele é um glutão. Costuma jantar fora. Ontem à noite, voltou esfomeado e resolveu beliscar um pouco. Não encontrou nada no aparador. Foi para baixo (há uma mercearia na esquina) e trouxe um monte de coisas: duzentas e cinquenta gramas de presunto, uma lata de *sprots*,[2] sarda em conserva, um comprido filão de pão, uma boa meia-lua de queijo holandês, quatro maçãs, dez ovos e marmelada *Ervilha Persa*. Encomendou ovos e chá (o edifício tem cozinha comum, servida por duas cozinheiras em revezamento).

— Empanturre-se, Kavaliérov — convidou-me, e ele mesmo caiu sobre a comida. Comeu os ovos da própria frigideira, destacando pedaços da clara, como quem descasca esmalte. Seus olhos injetaram-se de sangue, ele ficou tirando e pondo o *pince-nez*, fazendo ruído com a boca, fungando, moviam-se-lhe as orelhas.

Eu me divirto observando. Vocês notaram alguma vez que o sal cai da ponta de uma faca sem deixar nenhum vestígio: a faca brilha, como que intocada; que um *pince-nez* atravessa a base do nariz, como se fosse uma bicicleta; que uma pessoa está sempre rodeada de pequenas inscrições, um formigueiro espalhado de inscrições miúdas: nos garfos, colheres, pratos, armações de *pince-nez*, botões, lápis? Ninguém as percebe. Elas vivem uma luta pela sobrevivência. Passam de espécie a espécie, até se tornarem as enormes letras dos

---

[2] O *sprot* é um peixe encontrado no mar Negro, no Báltico e em outras regiões, que se consome defumado e em conserva. (N. da E.)

anúncios! Elas se rebelam: classe contra classe — as letras das tabuletas com o nome das ruas guerreiam contra as letras dos cartazes.

Ele comeu até se enfastiar. Estendeu a faca para as maçãs, mas apenas fendeu o zigoma amarelo de uma das frutas e deixou-a.

Certo comissário do povo citou-o num discurso, com elevado elogio:

— Andriéi Bábitchev é um dos homens admiráveis do nosso país.

Ele, Andriéi Pietróvitch Bábitchev, ocupa o cargo de diretor do departamento da indústria alimentícia. É um grande salsicheiro, confeiteiro e mestre-cuca.

E eu, Nikolai Kavaliérov, sou em sua casa o bobo do rei.

II

Ele dirige tudo o que se refere a comidas. É guloso e ciumento. Gostaria de fritar sozinho todos os omeletes, pastelões e bolinhos, assar todos os pães. Gostaria de dar à luz o alimento. Ele deu à luz o *Vinte e cinco*.
O seu filho está crescendo. O *Vinte e cinco* será um edifício gigante, uma enorme sala de refeições, uma enorme cozinha. Um jantar de dois pratos custará ali vinte e cinco copeques.
Declarou-se guerra às cozinhas.
Mil cozinhas podem considerar-se conquistadas.
Ele porá fim ao artesanato, aos meio litros, às garrafinhas. Unificará todas as picadeiras de carne, fogareiros a querosene, frigideiras, torneiras... Será a industrialização das cozinhas.
Organizou uma série de comissões. Revelaram-se excelentes as máquinas para limpeza de legumes, fabricadas numa usina soviética. Um engenheiro alemão está construindo a cozinha. Muitas empresas estão tratando de atender às encomendas de Bábitchev.
Eis o que eu soube a respeito dele.
Ele, um diretor de departamento, cidadão de figura muito séria, evidentemente estatal, subiu certa manhã, segurando uma pasta, uma escada desconhecida, em meio aos encantos de uma entrada de serviço, e bateu na primeira porta que encontrou. Visitou como Harum-al-Rachid uma cozinha nu-

ma casa de arrabalde, povoada de operários. Viu sujeira e fuligem, fúrias desenfreadas voando entre a fumaça, crianças chorando. Logo se atirou gente contra ele. Atrapalhava a todos: enorme, retirava-lhes muito espaço, muita luz e muito ar. Ademais, estava de pasta e *pince-nez*, elegante, limpo. E as fúrias decidiram: era, certamente, o membro de alguma comissão. As donas de casa atacaram-no, as mãos nos quadris. E ele foi embora. Por sua causa (gritaram-lhe) apagara--se o fogareiro, rachara um copo, a sopa ficara muito salgada. Ele foi embora sem dizer o que pretendia. Falta-lhe imaginação. Deveria dizer o seguinte:

"Mulheres! Nós tiraremos de vocês a fuligem com um sopro, limparemos de fumaça as suas narinas e de barulho os seus ouvidos, obrigaremos a batata a descascar-se sozinha, milagrosamente, num instante; devolver-lhes-emos as horas que lhes foram roubadas pela cozinha: receberão de volta metade da vida. Você, jovem esposa, prepara a sopa de seu marido. E entrega assim a uma pequena poça de sopa a metade do seu dia! Nós transformaremos estas suas pequenas poças num mar faiscante, derramaremos a sopa de repolho como um oceano, espalharemos colinas de papa de trigo-sarraceno, a geleia arrastar-se-á como uma geleira! Ouçam-me, donas de casa, esperem! Nós prometemos a vocês: o chão de ladrilhos há de se inundar de sol, abrasar-se-ão os tachos de cobre, os pratos aparecerão com uma limpidez de lírio, o leite será pesado como mercúrio e a sopa recenderá tal aroma, que fará inveja às flores sobre as mesas."

Como um faquir, ele aparece em dez lugares simultaneamente.

Nos ofícios, ele recorre frequentemente aos parênteses e ao grifo: teme não ser compreendido ou que se faça confusão.

Eis umas amostras dos seus ofícios:

"Ao camarada Prokúdin!

Faça os envólucros de bombom (12 amostras) conforme os fregueses (chocolate, recheio), mas à nova maneira. Mas que não seja *Rosa Luxemburgo* (eu soube que existe um pão doce recheado com este nome!!!). É melhor dar um nome sério e atraente pelo som, alguma coisa científica (com uma conotação poética — Geografia? Astronomia?). Talvez *Esquimó*? Ou *Telescópio*? Comunique-me isto pelo telefone amanhã, quarta-feira, na diretoria, entre uma e duas horas. Sem falta."

"Ao camarada Fóminski!

Mande pôr em cada prato do *jantar de primeira* (e também no de 50 e 75 copeques) um pedaço de carne (cortado cuidadosamente, *como nos estabelecimentos particulares*). Verifique isto com insistência. É verdade que: 1) os frios que acompanham a cerveja são servidos sem bandeja? 2) as ervilhas são miúdas e não foram suficientemente amolecidas em água?"

Ele é mesquinho, desconfiado e minucioso como uma roupeira.

Chegou às dez da manhã da fábrica de cartonagem. Havia oito pessoas à sua espera. Ele recebeu: 1) o diretor do defumadouro; 2) o encarregado do departamento das conservas do Extremo Oriente (agarrou uma lata de caranguejos e saiu correndo do gabinete, a fim de mostrá-la a alguém; voltando, colocou-a ao lado, junto do cotovelo, e durante muito tempo não conseguiu sossegar, olhava o tempo todo a lata de um azul claro, ria, coçava o nariz); 3) um engenheiro encarregado da construção do depósito; 4) um alemão, que veio tratar de caminhões (falaram em alemão; ele parece ter citado no fim um provérbio, pois saiu rimado e ambos riram); 5) um pintor, que trouxe um projeto de cartaz de anúncio (este não agradou; ele disse que se queria um azul mortiço, um azul químico e não romântico); 6) certo arrendatário de restaurante, que usava abotoaduras de um branco leitoso, em forma de guizo; 7) um homem fininho, de barba encaracolada, que falou de cabeças de gado, e, finalmente, 8) um campesino encantador. Este último encontro teve caráter peculiar. Bábitchev levantou-se e avançou, quase abrindo os braços. O outro enchia todo o gabinete: era tão desajeitadamente sedutor, tão encabulado, sorridente, queimado de sol, os olhos claros, o tipo do Liévin de Tolstói.[3] Cheirava a flores campestres e a comidas de leite. Falou-se de *sovkhozes*.[4] Uma expressão sonhadora apareceu nos rostos dos presentes.

Às quatro e vinte, ele partiu para uma sessão do Conselho Superior de Economia Popular.

[3] Konstantin Liévin, personagem do romance *Anna Kariênina*, de Tolstói. (N. do T.)

[4] Na União Soviética, as propriedades rurais administradas pelo Estado. (N. do T.)

III

De noite, em casa, fica sentado, envolto no verde-palmeira do abajur. Diante dele, há folhas de papel, livros de notas, pequenas páginas com colunas de números. Folheia o calendário de mesa, levanta-se de um pulo, procura qualquer coisa na estante, retira uns maços de papel, ajoelha-se na cadeira e lê, a barriga sobre a mesa, o rosto gordo apoiado nos braços. O retângulo verde da mesa está coberto com uma lâmina de vidro. Afinal, o que há nisso de extraordinário? Uma pessoa está trabalhando, está em casa de noite e trabalha. A pessoa apoia-se na folha de papel e mexe com o lápis no ouvido. Nada de extraordinário, realmente. Mas todo este comportamento diz: tu és um homem comum, um pequeno-burguês, Kavaliérov. Está claro que ele não o declara. Provavelmente, não há nada de parecido mesmo em seus pensamentos. Mas isto se compreende sem palavras. Um terceiro me comunica isto. Um terceiro me obriga a me enraivecer enquanto o observo.

— Vinte e cinco copeques! Vinte e cinco! — grita ele. — Vinte e cinco!

De repente, solta uma gargalhada. Leu ou viu na coluna dos números alguma coisa muito engraçada. Chama-me para perto de si, sufocando de riso. Rincha e aponta a folha de papel com o dedo. Olho e não vejo nada. O que foi que o fez rir? Ali onde eu não pude distinguir sequer os princípios a partir dos quais se possa fazer uma comparação, ele vê algo que se afasta a tal ponto desses princípios que se desmancha numa gargalhada. Horrorizado, presto atenção nele. É a gargalhada de um pontífice. Ouço-o como um cego ouve a explosão de um rojão.

"Você é um homem comum, Kavaliérov. Você não compreende nada."

Ele não diz isto, mas compreende-se sem uma palavra. Às vezes, ele fica fora até altas horas. Recebo então uma ordem por telefone:

— Kavaliérov? Ouça, Kavaliérov! Vão telefonar-me da Produpão. Que telefonem para 2-7305, ramal 62, tome nota. Já escreveu? Ramal 62, Comprinconcess. Passe bem.

De fato, telefonam-lhe da Produpão. Pergunto:

— É da Produpão? O camarada Bábitchev está na Comprinconcess... Como? Na Comprinconcess, 2-7305. Ramal 62. Já escreveu? Ramal 62, Comprinconcess. Passe bem.

A Produpão quer falar com o diretor de departamento Bábitchev. Bábitchev está na Comprinconcess. O que tenho eu com isto? Mas eu tenho uma sensação agradável, pelo fato de tomar uma parte indireta nos destinos da Produpão e de Bábitchev. Experimento um júbilo administrativo. No entanto, bem que o meu papel é insignificante. Um papel de lacaio. Do que se trata então? Respeito-o, acaso? Tenho medo dele? Não. Penso que não sou pior do que ele. Não sou um homem comum. Vou demonstrá-lo.

Tenho vontade de pilhá-lo em algo, descobrir o seu ponto fraco, indefeso. Quando tive, a primeira vez, oportunidade de vê-lo na sua *toilette* matinal, tive certeza de tê-lo pilhado, de que se rompera a sua impenetrabilidade.

Saiu do seu quarto, enxugando-se, chegou à entrada para o terraço e deu-me as costas cutucando com a toalha dentro dos ouvidos. Vi à luz do sol essas costas, esse dorso volumoso, e quase soltei um grito. As costas revelaram tudo. A manteiga do seu corpo aparecia com um amarelo terno. Abriu-se diante de mim o rolo de um destino alheio. O bisavô de Bábitchev cuidara bem da pele. As almofadas de gordura distribuíram-se suavemente pelo corpo do bisavô. O comissário recebera, por hereditariedade, a finura da pele, uma cor nobre e uma pigmentação pura. E o mais importante para mim, que suscitou em mim um sentimento de triunfo, foi que eu vi no seu quadril uma pinta, uma pinta peculiar, hereditária, fidalga, a mesma coisinha terna, transparente, cheia de sangue, que se prende ao corpo com uma hastezinha, a mesma coisinha por meio da qual as mães reconhecem os filhos raptados, depois de dezenas de anos.

Quase deixei escapar: "Você é um grão-senhor, Andriéi Pietróvitch! Você está fingindo!".

Mas ele voltou o peito para mim.

Tinha no peito uma cicatriz, sob a clavícula direita. Uma cicatriz redonda, um tanto eriçada, lembrando a impressão, em cera, de uma moeda. Era como se ali tivesse crescido um ramo, depois decepado. Bábitchev estivera nos trabalhos forçados. Fugira, e atiraram nele.

— Quem foi Jocasta? — perguntou-me de uma feita, sem mais nem menos. Saltam dele (principalmente de noite) perguntas de todo inesperadas e incomuns. Está ocupado o dia todo. Mas os seus olhos escorregam sobre cartazes e vitrines, e as pontas das orelhas fisgam palavras em conversas alheias. A matéria-prima cai dentro dele. Sou o seu único interlocutor que não trata de negócios. Ele sente necessidade de travar conversa. E me considera incapaz de uma conversa séria. Ele sabe que, ao descansar, as pessoas batem papo. Decide-se então a pagar certo tributo aos hábitos comuns a todos. Faz-me nessas ocasiões perguntas ociosas. Respondo a elas. Sou em sua casa o bobo do rei. Ele me considera um bobo.

— Você gosta de azeitonas? — pergunta.

"Sim, eu sei quem foi Jocasta! Sim, eu gosto de azeitonas, mas não quero responder a perguntas tolas. Não me considero mais tolo que você." Seria preciso responder-lhe assim. Mas falta-me coragem. Ele me esmaga.

IV

Vivo sob o seu teto há duas semanas. Faz duas semanas que ele me recolheu de noite, bêbado, à porta de uma cervejaria...
Eu fora enxotado dali.

A briga na cervejaria começara devagarinho; a princípio, nada a prenunciava e, pelo contrário, podiam ter-se travado até relações de amizade entre as duas mesas; os bêbados são sociáveis; aquele grupo numeroso, de que fazia parte uma mulher, propusera-me juntar-me a eles, e eu estava pronto a aceitar o convite, mas a mulher, que era encantadora, magra, e usava uma blusa azul, balouçante sobre as clavículas, soltou uma piada a meu respeito; fiquei ofendido e, a meio caminho, voltei para a minha mesa, carregando na frente a caneca, que nem uma lanterna.

Seguiu-se uma chuva de gracejos. Eu de fato podia parecer ridículo: êta sujeito despenteado! Um dos homens acompanhou a minha fuga com gargalhadas cavernosas. Alguém atirou em mim um grão de ervilha. Dei a volta à minha mesinha e fiquei frente a frente com eles; a cerveja borbotou sobre o mármore, e eu não pude libertar o meu dedo polegar, que se embaraçara na asa da caneca; embriagado, desfiz-me em confissões: a auto-humilhação e a arrogância fundiram-se numa só torrente amarga.

— Vocês são... um bando de monstros... um bando vagabundo de criaturas disformes, que raptou uma jovem... (Os circunstantes prestaram atenção: o sujeito despenteado expressava-se de maneira estranha, o que ele dizia saía fora da barulheira geral.) Você sentado aí à direita, embaixo da palmeirinha, é o monstro número um. Levante-se e mostre-se a todos... Vejam bem, camaradas, mui respeitável público... Mais quieto! Orquestra, uma valsa! Uma valsa melodiosa e neutra! O seu rosto representa uns arreios. Tem as bochechas contraídas pelas rugas — mas não são rugas, são as rédeas; o seu queixo é um boi, o nariz é um carroceiro leproso, e o resto, a carga da carroça... Sente-se. Em seguida, o monstro número dois... O homem das bochechas que parecem joelhos... Tudo muito bonito! Admirem, cidadãos, é um bando de monstros de passagem por aqui. E você? Como entrou por esta porta? Não se embaraçou aí com as orelhas? E você, que se aperta contra a jovem raptada, pergunte-lhe o que ela pensa das suas acnes. Camaradas... (voltei-me em todas as direções) eles... estes aí... riram de mim! Aquele ali riu... Sabe você como foi que riu? Você emitia os mesmos sons que solta um clister vazio... Jovem... "rainha, nos jardins de primavera, não há uma rosa igual a vós, eu digo, e agora estão movendo crua guerra contra estes vossos dezoito anos, céus, castigo!" Jovem! Grite! Peça socorro! Vamos salvá-la. O que aconteceu com o mundo? Ele a apalpa e você se encolhe? Isto lhe agrada? (Fiz uma pausa e prossegui triunfal.) Eu chamo você. Sente-se aqui comigo. Por que riu de mim? Estou diante de você, jovem desconhecida, e peço-lhe: não me perca. Levante-se simplesmente, empurre-os e dê um passo para cá. O que espera dele, de todos eles?... O quê?... Ternura? Inteligência? Carinhos? Dedicação? Venha para junto de mim. Parece-me até ridículo igualar-me a eles. Dar-lhe-ei infinitamente mais...

Eu falava, horrorizando-me com o que dizia. Lembrei-me abruptamente daqueles sonhos peculiares, em que se sabe: é um sonho, e faz-se o que se quer, sabendo de antemão que se vai acordar. Mas, no caso, era evidente que não haveria despertar. O novelo do irreparável enrolava-se furioso. Jogaram-me para fora da cervejaria. Fiquei sem sentidos, deitado. Depois, voltando a mim, disse:

— Chamo-as, e elas não vêm. Chamo esta canalhada, e elas não vêm. (As minhas palavras referiam-se a todas as mulheres de uma vez.)

Eu estava deitado sobre um respiradouro, o rosto contra a grade. No respiradouro, cujo ar eu aspirava, havia bafio, um formigar de bafio; algo se mexia no turbilhão negro, o lixo vivia. Caindo, vi por um instante o respiradouro, e a lembrança dele dominou-me o sonho. Era a condensação do alarma e do medo que eu sofrera na cervejaria, da humilhação e do temor ao castigo; e em sonho, isto se encarnou num enredo de perseguição: eu fugia e me salvava; finalmente, todas as minhas forças tornaram-se tensas, e o sonho se interrompeu.

Abri os olhos, palpitando da alegria de ter escapado. Mas esta animação era tão incompleta que eu a percebi como a passagem de uma visão a outra, e nessa nova visão, quem desempenhava o papel principal era o meu salvador, que me livrara da perseguição, o desconhecido cujas mãos e mangas do terno eu cobrira de beijos, pensando que o beijava em sonho, a pessoa que eu abraçara, segurando-lhe a nuca e chorando amargamente.

— Por que sou tão infeliz?... Como é difícil para mim viver neste mundo! — balbuciei.

— Ponham a cabeça dele mais alto — disse o salvador.

Fui levado de automóvel. Voltando a mim, vi o céu, um céu pálido, que clareava, ele voava dos meus talões até além da cabeça. Esta visão reboava, fazia girar-me a cabeça e, de cada feita, acabava num acesso de náusea. Acordando de manhã, estendi assustado a mão para os meus pés. Antes de precisar onde estava e o que me acontecia, lembrei-me dos empurrões e do balançar. Perfurou-me o pensamento de que eu fora conduzido num carro de pronto-socorro, e que, estando embriagado, algo me cortara as pernas. Estendi os braços, certo de apalpar o redondo gordo, de barril, das ataduras. Mas havia simplesmente o seguinte: eu estava deitado num divã, num quarto amplo, limpo e claro, que tinha duas janelas e comunicava-se com um terraço. Era manhã cedinho. As pedras do terraço roseavam e aqueciam-se tranquilas.

Quando nos conhecemos de manhã, falei-lhe de mim.

— Você tinha aspecto lastimável — disse ele —, tive muita pena. Talvez fique sentido: uma pessoa intromete-se na vida alheia. Neste caso, queira desculpar. Mas, se quiser, leve algum tempo uma vida normal. Ficarei muito contente. Aqui há muito espaço. Luz e ar. E há trabalho para você: aí estão umas provas tipográficas, e também seleção de material. Quer?

Que motivos obrigaram a personalidade famosa a condescender tanto com um homem jovem, desconhecido, de aparência suspeita?

V

Uma noite, desvendaram-se dois mistérios.
— Andriéi Pietróvitch — perguntei —, quem é aquele, na moldura?

Ele tem sobre a mesa o retrato de um jovem escuro.
— O quê? — ele sempre pede que se repita. Os pensamentos dele grudam no papel, ele não pode arrancá-los dali num repente. — O quê? — e ele ainda estava longe.
— Quem é esse jovem?
— Ah... É um certo Volódia[5] Makárov. Um jovem admirável. (Ele nunca fala comigo de maneira normal. Como se eu fosse incapaz de perguntar-lhe coisa séria. Tenho sempre a impressão de que receberei dele, em resposta, um provérbio, uma quadrinha ou um simples mugido. Aí está: em lugar de responder, com modulação comum: "um jovem admirável", ele escande, profere quase em recitativo: "jo-o-o--ve-em!")
— Admirável por quê? — pergunto, vingando-me com a irritação do tom.

Mas ele não nota nenhuma irritação.
— Não é isso. É simplesmente um jovem. Estudante. Você está dormindo no divã dele. Realmente, é como se ele fosse filho meu. Vive comigo há dez anos. Volódia Makárov. Agora partiu. Para a casa do pai. Em Múrom.

---

[5] Diminutivo de Vladímir. (N. do T.)

— Ah, bem...
— É isso.
Levantou-se da mesa, deu alguns passos.
— Tem dezoito anos. É um futebolista famoso.
("Então, um futebolista", pensei.)
— Ora — disse eu —, realmente é admirável! Ser um futebolista famoso é de fato uma grande qualidade. ("O que digo?")
Ele não me ouviu. Está sob o império de pensamentos felizes. Parado no umbral do terraço, olha para longe, para o céu. Pensa em Volódia Makárov.
— É um jovem que não se assemelha a ninguém — disse de repente, voltando-se para mim. (Vejo que lhe parece uma ofensa o fato de eu estar aqui, quando em seus pensamentos reina esse mesmo Volódia Makárov.) Em primeiro lugar, devo-lhe a vida. Ele me salvou há dez anos de uma execução. Iam me deitar com a nuca sobre uma bigorna e me bater no rosto com o malho. Ele me salvou. (É agradável para ele falar do feito do outro. Provavelmente, lembra disso com frequência.) Mas não é isto que importa. Outra coisa é que tem importância. Ele é um homem absolutamente novo. Ora, está bem. (Voltou para a mesa.)
— Por que me recolheu e me trouxe para cá?
— O quê? Hein? — muge, e só ouve a minha pergunta passado um segundo. — Por que o trouxe? Tinha uma aparência bem lastimável. Não podia deixar de me emocionar. Você soluçava. Fiquei com muita pena.
— E o divã?
— O que há com o divã?
— Quando voltar este seu jovem...
Não ficou nem um pouco pensativo, e respondeu simples e alegremente:
— Nesse dia, terá que desocupar o divã...
Preciso me levantar e quebrar-lhe a cara. Ele, vejam vo-

Inveja 35

cês, compadeceu-se, ele, uma personalidade famosa, teve pena de um jovem infeliz, desencaminhado. Mas é só por algum tempo. Enquanto não volta o principal. Ele simplesmente se aborrece de noite. E depois, vai me expulsar. E fala disso cinicamente.

— Andriéi Pietróvitch — digo. — Você compreende o que disse? Você é um canalha!

— O quê? Hein? — Os seus pensamentos desprendem-se do papel. Nesse instante, o ouvido lhe repetirá a minha frase, e eu imploro ao destino que o seu ouvido se engane. Será possível que ele ouviu? Vá, que seja. É uma vez só.

Mas intromete-se no caso uma circunstância exterior. Ainda não chegou para mim a hora de ser expulso desta casa.

Alguém grita na rua, sob o terraço:

— Andriéi!

Ele vira a cabeça.

— Andriéi!

Levanta-se bruscamente, a palma da mão apoiada à mesa e ajudando-o nesse movimento.

— Andriúcha![6] Meu caro!

Ele sai para o terraço. Acerco-me da janela. Ambos olhamos a rua. Está escuro. Somente aqui e ali a calçada fica iluminada pelas janelas. No meio, está parado um homem baixo, de ombros largos.

— Boa noite, Andriúcha. Como vai? Como está o *Vinte e cinco*?

(Vejo da janela o terraço e o enorme Andriúcha. Ouço-o resfolegar.)

O homem da rua continua a soltar exclamações, mas um pouco mais baixo:

— Por que não diz nada? Vim comunicar a você uma novidade. Inventei uma máquina. Chama-se Ofélia.

[6] Diminutivo de Andriéi. (N. do T.)

Bábitchev volta-se depressa. A sua sombra deita-se de lado na rua e quase provoca uma tempestade na folhagem do jardim em frente. Senta-se à mesa. Tamborila com os dedos na lâmina de vidro.

— Cuidado, Andriéi! — ouve-se gritar. — Não fique prosa! Vou destruir você, Andriéi...

Então, Bábitchev torna a levantar-se de um salto e arroja-se para o terraço, os punhos cerrados. As árvores tumultuam de maneira precisa. A sombra dele projeta-se sobre a cidade como um Buda.

— Contra quem você faz guerra, patife? — diz ele. A seguir, oscila o corrimão da escada. Ele bate o punho. — Contra quem você faz guerra, patife? Fora daqui. Vou mandar prendê-lo!

— Até à vista — ressoa lá embaixo.

O homem gordinho tira o chapéu, estica o braço, balança o chapéu (chapéu-coco? parece de fato um chapéu-coco), tem uma delicadeza afetada. Andriéi não está mais no terraço; o homenzinho semeia rápido os passinhos e afasta-se pelo meio da rua.

— Aí está! — grita-me Bábitchev. — Aí está, admire isto. O meu irmão Ivan. Um calhorda.

Ele caminha pelo quarto, fervendo. E novamente grita comigo:

— Quem é ele? Quem? Um vagabundo, um homem nocivo, contagioso. Deve-se fuzilá-lo!

(O moço escuro do retrato sorri. Tem um rosto plebeu. Mostra de maneira peculiar e máscula os dentes brilhantes. Exibe como um japonês todo um gradil coruscante de dentes.)

VI

Anoitece. Ele trabalha. Fico sentado no divã. Entre nós dois, um abajur. Este (vejo eu) destrói a parte superior do rosto de Bábitchev, ela não existe. Sob o abajur, fica suspenso o hemisfério inferior da cabeça. No conjunto, ela lembra um mealheiro de barro pintado.

— A minha mocidade coincidiu com a mocidade do século — digo eu.

Não me ouve. É ofensiva esta sua indiferença em relação a mim.

— Penso com frequência no século. Um século famoso. E é um belo destino, não é mesmo?, quando há uma coincidência dessas; a mocidade do homem, o século jovem.

O seu ouvido reage à rima. A rima é ridícula para um homem sério.

— Do homem, jovem! — repete ele. (Mas vá alguém dizer-lhe que ele acaba de ouvir e repetir duas palavras: certamente não acreditará.)

— No Ocidente, um homem capaz tem um campo amplo para alcançar a glória. Ali gostam da glória alheia. Por favor, faça alguma coisa admirável, e logo segurarão você pelos braços e o conduzirão para o caminho da glória... Mas em nosso meio não existe um caminho para se alcançar individualmente o êxito. Não é verdade?

Ocorre o mesmo que se eu falasse com os meus botões. Eu ressoo, profiro as palavras: pois bem, ressoa aí. Os meus sons não o estorvam.

— Em nosso país, os caminhos da glória estão interrompidos por barreiras... Um homem capaz deve apagar-se, ou então decidir-se a erguer a barreira com o máximo de escândalo. Eu, por exemplo, tenho vontade de discutir. Quero mostrar a força da minha personalidade. Quero a minha glória particular. Em nosso meio, tem-se medo de dedicar atenção ao homem. Quero uma grande atenção. Eu gostaria de ter nascido numa cidadezinha francesa, crescer em meio a sonhos, colocar diante de mim mesmo algum objetivo elevado e, um belo dia, partir da cidade a pé, chegar à capital, trabalhar ali fanaticamente e alcançar o objetivo. Mas eu não nasci no Ocidente. Agora me dizem: não só a tua personalidade, mas até a mais admirável das personalidades não é nada. E eu começo a me acostumar pouco a pouco a esta verdade, que pode ser, porém, discutida. Chego a pensar o seguinte: bem, pode-se alcançar a glória tornando-se um músico, um escritor, um cabo de guerra, passar por cima das Cataratas do Niágara sobre uma corda... São caminhos legítimos para se alcançar a glória, nestes casos a personalidade esforça-se para se mostrar... E agora imagine, quando em nosso meio fala-se tanto de orientação para um fim, de utilidade, quando se exige das pessoas uma abordagem lúcida e realista em relação aos objetos e acontecimentos, vá a gente de súbito realizar algo evidentemente absurdo, alguma molecagem genial, e depois dizer: "Aí está, vocês são assim, e eu, assado". Sair para a praça e fazer alguma coisa consigo mesmo e, depois, cumprimentar todo mundo: eu vivi, eu fiz o que queria.

    Ele não ouve nada.

    — Por exemplo, suicidar-se. Um suicídio sem nenhum motivo. Por molecagem. Para mostrar que cada um tem o direito de dispor de si. Mesmo agora. Enforcar-me à entrada do seu prédio.

    — Enforque-se melhor à entrada do VSNX, na Praça Varvárskaia, hoje Praça Nóguin. Ali há um arco enorme. Já viu? Será de grande efeito.

No quarto em que eu morava antes de mudar para cá, há uma cama horrível. Eu a temia como a um fantasma. É abrupta como um barrilzinho. Há nela ossos tilintando. Em cima, um cobertor azul, que eu comprei em Khárkov, no Bazar Blagovieschtchénski, no tempo da fome. Uma mulher vendia *pierogi*.[7] Estavam embaixo de um cobertor. Esfriando, eles que ainda não tinham emitido todo o calor da vida, quase resmungavam sob o cobertor, mexiam-se que nem cachorrinhos. Naquele tempo, eu vivia mal, como todo mundo, e aquele agrupamento respirava tanto bem-estar, aconchego caseiro e calor que, no mesmo dia, tomei uma firme resolução: comprar para mim um cobertor como aquele. O sonho se cumpriu. E uma bela noite eu me esgueirei sob um cobertor azul. Eu fervia ali, mexia-me, o calor me obrigava a movimentar-me como se eu fosse de gelatina. Era um adormecer maravilhoso. Mas o tempo foi passando e os desenhos do cobertor inflaram, transformando-se em brioches.

Agora, durmo num divã excelente.

Com um movimento calculado, provoco o ressoar das suas molas novas, tensas, virginais. Resultam gotículas de som destacadas, que acorrem das profundezas. Surge a ideia de bolinhas de ar, que se precipitassem para a superfície da água. Adormeço como uma criança. Realizo no divã um voo para a infância. Sou visitado pela bem-aventurança. Como uma criança, disponho novamente do pequeno lapso de tempo que separa a primeira mudança de peso das pálpebras, o primeiro enevoamento da vista, do sono verdadeiro. Consigo novamente prolongar este intervalo, saboreá-lo, enchê-lo de pensamentos aprazíveis e, ainda não imerso em sono, ainda aplicando o controle da consciência em vigília, ver já os pensamentos adquirirem uma carnadura de sonho, como as

---

[7] Espécie de pastel cozido, originário da Polônia e do oeste da Ucrânia. (N. do T.)

bolinhas de ar vindas das profundezas da água transformam-se em bagos de uva, rolando velozes, como surge um volumoso cacho de uva, todo um parreiral de cachos densamente entrelaçados; o caminho ao longo do vinhedo, a estrada ensolarada, o calor estival...
Tenho vinte e sete anos.
Mudando de uma feita a camisa, vi-me no espelho e de súbito como que surpreendi em mim uma semelhança espantosa com meu pai. Na realidade, tal semelhança não existe. Lembrei-me: o quarto de dormir de meus pais, e eu, menino, olho meu pai trocando a camisa. Tinha então pena dele. Ele não pode mais ser bonito, famoso, já está pronto, terminado, não pode ser mais nada além daquilo que é. Assim pensava eu, compadecendo-me dele e orgulhando-me, às escondidas, da minha superioridade. E ainda há pouco, eu reconheci em mim o meu pai. Era uma semelhança de formas, não, algo diverso; eu diria: uma semelhança sexual, como se eu sentisse de repente o sêmen de meu pai em mim, na minha substância. E como se alguém me dissesse: estás pronto. Concluído. Não haverá mais nada. Dá à luz o filho.

Eu não serei, a partir de agora, bonito nem famoso. Não virei de uma cidade pequena para a capital. Não serei cabo de guerra, nem comissário do povo, nem cientista, nem corredor, nem aventureiro. A vida toda, sonhei um amor fora do comum. Em breve, voltarei ao velho apartamento, ao quarto com uma cama assustadora. Ali, há uma triste vizinhança: a viúva Prokópovitch. Tem uns quarenta e cinco anos, mas no pátio chamam-na de Ánietchka.[8] Cozinha o jantar para a Artiel[9] dos cabelereiros. Ela instalou a sua cozinha no corredor. O fogão fica numa reentrância escura. Ela alimenta gatos. Gatos quietos e magros esvoaçam atrás das suas

---

[8] Diminutivo de Ana. (N. do T.)
[9] Espécie de cooperativa de produção. (N. do T.)

mãos, com movimentos magnéticos. Ela lhes joga não sei que tripas. Por esta razão, o chão fica enfeitado como que de escarros de madrepérola. De uma feita, escorreguei, tendo pisado o coração de alguém: um coração pequeno, apertado no envólucro, que nem uma castanha. Ela caminha, enredada pelos gatos e por veias de animais. Tem na mão uma faca brilhando. Dilacera as tripas com os cotovelos, como a princesa do conto rompia a teia de aranha.

A viúva Prokópovitch é velha, obesa e flácida. Ela pode ser espremida como um paio. De manhã, eu a alcançava no corredor, junto ao lavatório. Ela não estava vestida e sorria-me um sorriso *feminino*. Sobre um tamborete, junto à sua porta, havia uma bacia em que boiavam cabelos.

A viúva Prokópovitch é um símbolo da minha humilhação masculina. Resulta o seguinte: faça o favor, eu estou pronta, engane-se de porta de noite, de propósito não vou trancá-la, vou recebê-lo. Vamos viver e deliciar-nos. Abandone de vez os sonhos de um amor incomum. Tudo passou. Veja como você mesmo se tornou, vizinho: rechonchudo, as calças encurtadas. Ora, do que mais precisa? Daquela? A dos braços finos? A imaginada? A do rosto em ovo? Deixe tudo isso. Você já está um papai. Vamos, hein? Tenho uma cama excelente. O falecido ganhou-a numa loteria. O cobertor é acolchoado. Vou cuidar de você. Terei pena. Hein?

O seu olhar expressava às vezes uma evidente indecência. Às vezes, quando ela me encontra, a sua garganta deixa rolar para fora certo som pequeno, uma redonda gota vocal, expulsa por um espasmo de êxtase.

Eu não sou um papai, sua cozinheira! Não sou companhia para você, cachorra!

Adormeço no divã de Bábitchev.
Sonho que uma garota encantadora ri miudinho e se esgueira sob o meu lençol. Os meus sonhos se realizam. Mas

com o que, com o que vou agradecer-lhe? Assusto-me. Ninguém me amou sem uma recompensa. Até as prostitutas procuraram sempre arrancar de mim o máximo possível. E o que ela vai exigir de mim? Como sói acontecer nos sonhos, ela adivinha os meus pensamentos e diz:
— Oh, não se preocupe. São só vinte e cinco copeques.

Reminiscência de muitos anos atrás: sou ginasiano e levaram-me ao museu de cera. Dentro de um cubo de vidro, um homem bonito, de fraque, uma ferida chamejante no peito, morria nos braços de alguém.
— É o presidente francês Carnot, ferido por um anarquista — explicava-me o meu pai.
O presidente morria, respirava, as pálpebras desciam. A vida do presidente se ia lentamente, como as horas. Eu o olhava como que enfeitiçado. Um homem belo jazia, a barba empinada, dentro de um cubo azulado. Isso era encantador. Foi então que ouvi pela primeira vez o atroar do tempo. Os tempos voavam por cima de mim. Eu engolia lágrimas de êxtase. Decidi tornar-me famoso para que um dia o meu sósia de cera também se pavoneasse assim num cubo esverdeado, também ele repleto do atroar dos séculos, que é dado ouvir a uns poucos somente.

Escrevo agora pecinhas de variedades: monólogos e quadrinhas sobre o fiscal de imposto, as senhoritas soviéticas, os ases da NEP[10] e as pensões alimentares.

No Departamento há um barulhão,
E não cessa mais a confusão:

---

[10] Sigla para *Nóvaia Ekonomítcheskaia Politika* (Nova Política Econômica), orientação estabelecida em 1921, e que permitiu certa participação de particulares em diferentes ramos da produção. (N. do T.)

Lízotchka Kaplan, que é um amor,
Foi presenteada com um tambor...

E talvez, apesar de tudo, um dia exista num grande museu de cera a figura de um homem estranho, de pernas grossas e rosto pálido e bonachão, cabelos em desalinho, um homem corpulento, com algo de garoto, de paletó com um único botão sobre a pança; e o cubo terá uma tabuleta:

NIKOLAI KAVALIÉROV

E nada mais. E tudo. E cada um que o vir, dirá: "Ah!".

E lembrará certas histórias, talvez lendas: "Ah, é aquele que viveu num tempo famoso, que odiou a todos e a todos invejou, que se vangloriava e se metia a fogueteiro, que se atormentava com grandes projetos, queria realizar muito e nada fazia, e acabou cometendo um crime horrível, repugnante...".

VII

Da Tvierskaia, dobrei para um beco. Precisava ir para a Nikítskaia. Manhã cedo. O beco é articulado. Transporto-me de artículo em artículo, como reumatismo penoso. Os objetos não gostam de mim. O beco está doente de mim.

O homenzinho de chapéu-coco ia na minha frente.

A princípio pensei: "Está com pressa" — mas logo percebi que o passo apressado e o saltitar de todo o corpo era inerente ao homenzinho em geral.

Ele carregava um travesseiro. Levava pela orelha um grande travesseiro amarelo. Este batia-lhe no joelho. E devido a isto, dobras apareciam e desapareciam no travesseiro.

Às vezes acontece surgir, no centro da cidade, num beco, uma cerca viva florida e romântica. Nós estávamos caminhando ao longo de uma dessas cercas vivas.

Sobre um ramo, um pássaro fulgiu ao sol, sacudiu-se e emitiu um estalido, lembrando de certo modo máquina de cortar cabelo. O que ia na frente voltou-se para olhar o pássaro. Eu, que ia atrás, pude ver apenas a primeira fase, a meia-lua do seu rosto. Ele sorria.

"Parecido, não é verdade?" — quase exclamei, certo de que a mesma semelhança lhe acudira também à mente.

O chapéu-coco.

Tira-o, e abraça-o carregando como se faz com um *kuliích*.[11] Na outra mão, o travesseiro.

---

[11] Bolo de Páscoa, na Rússia. (N. do T.)

As janelas estão abertas. Numa delas, no segundo andar, aparece um vasinho azul com uma flor. O vasinho atrai o homem. Ele desce da calçada, sai para o meio da rua e para embaixo da janela, o rosto para cima. O chapéu-coco desceu-lhe sobre a nuca. Ele se agarra fortemente ao travesseiro. O seu joelho já está florido de penugem.
Eu observo tudo de uma reentrância na parede.
Ele chamou o vasinho.
— Vália![12]
No mesmo instante, derrubando o vasinho, aparece tumultuosamente à janela uma jovem vestida de cor-de-rosa.
— Vália — disse ele —, vim buscar você.
Seguiu-se um silêncio. A água do vasinho escorreu sobre a cornija.
— Veja, eu trouxe... Está vendo? (Levantou o travesseiro com ambas as mãos, na frente da barriga.) Está reconhecendo? Você dormiu sobre ele. (Riu.) Volte para minha casa, Vália. Não quer? Vou mostrar-lhe "Ofélia". Não quer?
Seguiu-se novo silêncio. A moça estava deitada de bruços sobre o parapeito da janela, a cabeça caída e em desalinho. Ao lado, ia rolando o vaso. Lembro-me de que, um segundo depois de assomar à janela, a moça, apenas vira aquele que se postara na rua, já caíra com os cotovelos sobre o parapeito, e que os seus cotovelos se torceram.
Nuvens deslocavam-se no céu, e os seus caminhos emaranhavam-se sobre os vidros e dentro deles.
— Eu peço a você, Vália, volte! Dê simplesmente uma corrida pela escada.
Ele esperou.
Alguns basbaques pararam ali.
— Você não quer? Então, até logo.

---

[12] Diminutivo de Valiéria ou de Valientina. (N. T.)

Ele se voltou, corrigiu o chapéu-coco, e veio pelo meio do beco na minha direção.

— Espera! Espera, papai! Papai! Papai!

Ele apressou o passo, correu até. Passou por mim. Eu vi: não era moço. Estava ofegante e empalidecera com a corrida. Um homem gordinho, um tanto ridículo, corria apertando ao peito um travesseiro. Mas não havia nisso nada de louco. A janela ficou vazia.

Ela correu a persegui-lo. Chegou até a esquina: ali terminava o despovoado do beco; ela não o encontrara. Eu estava parado junto à cerca viva. A moça regressava. Dei um passo ao seu encontro. Ela pensou que eu pudesse lhe prestar ajuda, que eu soubesse de alguma coisa, e parou. Uma lágrima escorria-lhe obliquamente sobre a face, como se fosse sobre o vasinho. Ela soergueu-se toda, pronta a interrogar-me apaixonadamente sobre algo, mas eu a interrompi e disse:

— A senhora passou junto a mim, farfalhando como um ramo repleto de folhas e flores.

À noitinha, corrijo provas:

"... Deste modo, o sangue recolhido por ocasião da matança pode ser transformado em alimentos, na fabricação de salsicharia, ou utilizado no preparo de albumina clara ou preta, de cola, botões, tintas, adubos e rações para gado, aves e peixes. As gorduras de toda espécie de gado, bem como os subprodutos orgânicos ricos em gordura, servem para o preparo de gorduras comestíveis: toucinho, margarina, manteiga sintética, ou ainda para a indústria, dando estearina, glicerina e lubrificantes. Com o auxílio de brocas elétricas em espiral, máquinas purificadoras automáticas, cortadeiras e cubas de evaporação, as cabeças e patas de carneiro servem para a produção de alimentos, gordura óssea artificial, fios de lã e ossos de diferentes tipos..."

Ele fala ao telefone. É chamado umas dez vezes por noite. Pode falar com tanta gente! Mas de súbito chega até mim:

— Isto não é uma crueldade. Presto atenção. — Isto não é uma crueldade. Você pergunta e eu lhe digo. Não é uma crueldade. Não, não! Você pode ficar perfeitamente tranquila. Está ouvindo? — Ele se humilha? O quê? Ronda a tua janela? — Não acredite. São os truquezinhos dele. Ele ronda as minhas janelas também. Ele gosta de rondar janelas. Eu o conheço. — O quê? Hein? Você chorou? A tarde toda? Fez mal em chorar a tarde toda. — Ele vai ficar louco? Ora, vamos mandá-lo para Kanátchikov. Ofélia? Que Ofélia? Ora... Deixa disso. Ofélia é um delírio. — Como queira. Mas eu digo: você está agindo certo. — Sim, sim. — O quê? Um travesseiro? Será possível? (Gargalhada.) Imagino. Como? Como? Em que você dormiu? Grande coisa! — O quê? Cada travesseiro tem uma história. Numa palavra, deixe de lado essas dúvidas. — O quê? — Sim-sim! (Neste ponto, ele se calou e ficou muito tempo ouvindo. Eu estava sentado sobre brasas. Ele soltou uma gargalhada.) Um ramo? Como? Que ramo? Cheio de flores? De flores e de folhas? O quê? Deve ser algum alcoólatra do grupo dele.

VIII

Imaginem uma mortadela comum: um naco bem grosso, de contorno redondo e regular, cortado do começo de uma peça grande e pesada. Na sua ponta cega, a pele franzida e amarrada em nó deixa passar um rabinho de corda, que pende. Uma mortadela como outras. Deve pesar pouco mais de um quilo. A superfície suada, as bolinhas amarelentas da gordura subcutânea. No lugar cortado, a mesma gordura aparece em pintas brancas. Bábitchev segurava a mortadela na palma da mão. Ia falando. Abriam-se portas. Entrava gente. Acotovelavam-se. A mortadela pendia da palma da mão rósea e dignitária de Bábitchev, como algo vivo.

— Formidável, não? — perguntava, dirigindo-se a todos ao mesmo tempo. — Vejam bem... É pena que o Chapiro não esteja aqui. Vamos chamá-lo sem falta. *Ho-ho*. Formidável! Telefonaram para Chapiro? Linha ocupada? Liguem de novo...

Depois, a mortadela sobre a mesa. Bábitchev forrou esta amorosamente. Recuando e não tirando dela os olhos, sentou-se numa poltrona, que ele encontrou com o traseiro, apoiou os cotovelos nas coxas e riu à solta. Levantou o punho, viu a gordura, deu uma lambida.

— Kavaliérov! (Depois da gargalhada.) Está livre agora? Faça o favor de ir chamar o Chapiro. No depósito. Conhece? Vá direto até lá e leve-a. (Os olhos na direção da mortadela.) Leve-a, que ele a examine e me telefone depois.

Levei a mortadela para o depósito de Chapiro. Enquanto isso, Bábitchev estava telefonando em todas as direções. — Sim, sim — rugia ele. — Sim! Realmente magnífica! Vamos mandá-la para a exposição. Enviá-la-emos a Milão! Justamente essa! Sim! Sim! Setenta por cento de vitela. Uma grande vitória... Não, cinquenta copeques não, engraçado que você é... Cinquenta! *Ho-ho!* Custará trinta e cinco. Formidável, não? Não é uma belezinha?

Ele partiu.
O rosto risonho, um vasinho corado, balançou-se no vidro do carro. Pelo caminho, empurrou para o porteiro o seu chapéu tirolês e, arregalando os olhos, correu pela escada, pesado, barulhento e impetuoso como um javali. "Mortadela!" — ressoou em muitos gabinetes. "— É justamente essa... eu já lhe falei... Uma anedota!..." E, enquanto eu ainda vagava pelas ruas inundadas de sol, ele telefonava para Chapiro de cada um daqueles gabinetes:
— Estão levando-a para você! Vai ver, Solomon! Vai rebentar...
— Ainda não chegou? *Ho-ho*, Solomon...
Enxugava o pescoço suado, penetrando com o lenço muito abaixo do colarinho, quase rasgando-o, fazendo careta e sofrendo.
Cheguei ao depósito de Chapiro. Todos viram que eu trazia a mortadela e afastaram-se. O caminho se desembaraçou magicamente. Todos sabiam que vinha um mensageiro com a mortadela de Bábitchev. Chapiro, um judeu velho e melancólico, cujo nariz lembrava de perfil o número seis, estava parado no quintal do depósito, embaixo de um alpendre de madeira. A porta, repleta de uma treva movediça de verão, a exemplo de todas as portas que se abrem para depósitos (semelhante treva delicada e caótica surge ante os olhos, quando se fecham e se apertam com o dedo as pálpebras), da-

va para um barracão enorme. Fora, junto à ombreira, estava pendurado um telefone. Ao lado, sobressaía um prego, do qual pendiam as folhas amarelas de não sei que documentos.

Chapiro apanhou de mim o naco de mortadela, experimentou o peso, balançou-o na palma da mão (meneando ao mesmo tempo a cabeça), levou-o até o nariz, cheirou-o. Depois saiu do alpendre, pôs a mortadela sobre um caixote e com um canivete cortou cuidadosamente um pedacinho macio. Em absoluto silêncio, o pedaço foi mastigado, comprimido contra o céu da boca, chupado e engolido devagar. A mão com o canivete foi desviada e estremecia: o dono da mão prestava atenção às sensações.

— Ah — suspirou ele, engolindo. — Bábitchev é um bichão. Ele fez a mortadela. Ouça-me, ele conseguiu, é verdade. Trinta e cinco copeques por uma mortadela dessas, sabe, é inconcebível até.

O telefone soou. Chapiro levantou-se devagar e foi para a porta.

— Sim, camarada Bábitchev. Dou-lhe os parabéns e quero beijá-lo.

Alhures, longe, Bábitchev gritava com tanta força que aqui, a uma distância considerável do telefone, eu lhe ouvia a voz, bem como certo estalar e sons que estouravam no fone. Sacudido por vigorosas oscilações, este quase despencava dos dedos frágeis de Chapiro. Ele até sacudiu a mão na sua direção, fazendo uma careta, como se sacode a mão para um menino traquinas que nos impede de ouvir alguém.

— O que devo fazer? — perguntei. — A mortadela vai ficar aqui?

— Ele pede para levá-la a sua casa. Ele me convidou para comê-la de noite.

Não me contive:

— Carregá-la para casa? Não se pode comprar outra?

— Não se pode comprar mortadela como esta — disse

Inveja

Chapiro. — Ela ainda não foi posta à venda. É uma amostra da fábrica.

— Ficará passada.

Chapiro dobrou o canivete e procurou o bolso com um movimento da mão, deslizando sobre o lado, e disse devagar, mal sorrindo, de pálpebras descidas e sentenciosamente, como fazem os velhos judeus:

— Eu cumprimentei o camarada Bábitchev pela mortadela que não se estraga num dia. De outro modo, eu não o teria cumprimentado. Vamos comê-la hoje. Ponha-a no sol, não tenha medo, no sol bem forte, e ela vai cheirar como uma rosa.

Desapareceu na treva do barracão, voltou com papel manteiga impermeável, e, passados alguns segundos, eu tinha nas mãos um pacote feito com mão de mestre.

Eu ouvira falar da famosa mortadela, desde os primeiros dias das minhas relações com Bábitchev. Em alguma parte, tinham lugar experiências para o preparo de uma qualidade especial, pura, nutritiva e barata. Bábitchev tomava continuamente informações, em diferentes partes; passando a um tom de voz preocupado, ele interrogava e dava conselhos; e afastava-se do telefone, ora lânguido, ora docemente perturbado. Finalmente, obteve-se a nova raça. Uma tripa gorda, densamente forrada, arrastou-se para fora das incubadeiras misteriosas, balançando-se com um movimento pesado de tromba.

Recebendo nas mãos um pedaço dessa tripa, Bábitchev ficou vermelho, até envergonhou-se a princípio, como um noivo que vê como é bela a sua jovem noiva e que impressão enfeitiçadora ela provoca nos convivas. Numa perplexidade feliz, ele percorreu a todos com o olhar, e no mesmo instante depositou o pedaço e afastou-o, com tal expressão nas palmas das mãos soerguidas que parecia querer dizer: "Não, não. Não é preciso. Renuncio agora mesmo. Para não me atormentar depois. Não pode ser que tais êxitos aconteçam numa simples vida humana. É uma armadilha do destino. Levem-na daqui. Eu não sou digno".

Levando o quilo da extraordinária mortadela, caminhei numa direção indefinida.

Eis-me parado numa ponte.

O Palácio do Trabalho à esquerda, atrás o Kremlin. No rio, há barcos, gente nadando. Desliza rápido, embaixo de mim, o voo de pássaro dos barcos a vapor. Aquilo que eu vejo das alturas, em lugar do barco, lembra pelo formato um mandolim gigante, em corte longitudinal. O mandolim esconde-se sob a ponte. Somente então eu me lembro da chaminé do barco e de que, junto à chaminé, havia dois homens comendo *borsch*[13] de um caldeirão. Um rolo branco de fumaça, transparente e fugidio, voa na minha direção. Não consegue chegar até mim, passa a outras dimensões e alcança-me apenas com o seu rasto derradeiro, que se enrola num anel astral, quase imperceptível.

Quis jogar a mortadela no rio.

Andriéi Bábitchev, uma pessoa admirável, membro da associação dos ex-presos políticos, um homem do governo, considera o seu dia de hoje um dia de festa. E isto apenas porque lhe mostraram uma nova qualidade de mortadela... Será possível? É um feriado? A glória?

Ele estava radiante aquele dia. Sim, tinha sobre si o selo da glória. E por que eu não me apaixono, por que não sinto júbilo nem veneração ao ver essa glória? A raiva me dilacera. Ele é um homem do governo, um comunista, ele constrói o mundo novo. E a glória, neste mundo novo, passa a chamejar porque uma nova qualidade de mortadela saiu das mãos de um salsicheiro. Não compreendo essa glória, o que

---

[13] Sopa de beterraba e outros legumes. (N. do T.)

isto significa, afinal? Não era dessa glória que me falavam as biografias, os monumentos, a História... Significará isto que se modificou a natureza da glória? Em toda parte, ou somente aqui, neste mundo em construção? Mas bem que sinto que este mundo novo, em construção, é o principal, o triunfante... Não sou cego, tenho a cabeça nos ombros. Não é preciso me ensinar, explicar... Sou alfabetizado. É justamente nesse mundo que eu quero a glória! Quero estar radiante, da maneira como Bábitchev ficou radiante hoje. Mas uma nova qualidade de mortadela não me deixará assim.

Fico vadiando pelas ruas com o embrulho. Um pedaço de mortadela vagabunda governa os meus movimentos, a minha vontade. Eu não quero!

Algumas vezes estive prestes a jogar o embrulho pela balaustrada. Mas bastava-me imaginar como, libertando-se no voo do papel de embrulho, o malfadado pedaço de mortadela cairia com o aspecto imponente de um torpedo e desapareceria nas ondas, e no mesmo instante uma outra imagem deixava-me febril. Eu via avançar sobre mim Bábitchev, um ídolo ameaçador, invencível, de olhos arregalados. Tenho medo dele. Ele me esmaga. Ele não me olha — e vê através de mim. Não me olha. Somente de lado, eu vejo os seus olhos; quando o seu rosto se volta para mim, nele não existe olhar: apenas, fulge o *pince-nez*, duas plaquinhas redondas e cegas. Para ele, não é interessante olhar-me, não tem tempo, não tem vontade, mas eu compreendo que ele me atravessa com a vista.

À noitinha, veio Solomon Chapiro, vieram mais dois, e Bábitchev fez-lhes uma recepção. O velho judeu trouxe uma garrafa de vodca, e eles beberam, mordiscando a famosa mortadela. Recusei-me a participar do repasto. Fiquei observando-os do terraço.

A pintura imortalizou muitos festins. Participam deles cabos de guerra, doges ou simples gastromaníacos. As épocas se fixaram nas telas. Tremulam os penachos, descaem os panejamentos, rebrilham as faces.

Ô novo Tiepolo! Corre para cá! Aí tens alguns personagens num festim... Estão sentados sob uma lâmpada de cem velas, ao redor de uma mesa, e palestram animados. Pinta-os, novo Tiepolo, pinta o *Festim em casa do administrador*! Vejo a tua tela num museu. Os visitantes parados diante do teu quadro. Eles ficam quebrando a cabeça, não sabem do que fala, com tamanha inspiração, o corpulento gigante de suspensórios azuis que representaste... Ele segura no garfo um pedaço de mortadela. Há muito que já era tempo para a rodela desaparecer na boca do homem que fala, mas ela não consegue desaparecer, porque o homem está demasiado imbuído pelo seu discurso. Do que ele está falando?

— Em nosso país, não se sabe fazer salsichas! — dizia o gigante dos suspensórios azuis. — Isto são salsichas? Fica quieto, Solomon. Você é judeu e não compreende nada de salsichas, você gosta da carne magra que lhe permite o ritual... Nós não temos salsichas. São dedos esclerosados, não são salsichas. Salsichas de verdade devem borrifar água. Eu vou conseguir, vocês verão, vou fazer umas salsichas assim.

IX

Reunimo-nos no aeroporto. Digo "nós"! Quanto a mim, eu era a quinta roda do carro, um homenzinho que se trouxe por acaso. Ninguém se dirigia a mim, ninguém se interessava pelas minhas impressões. Eu poderia ter ficado em casa com a consciência tranquila. Devia levantar voo um avião soviético de modelo novo. Bábitchev recebeu convite. Os convidados passaram pela cancela. Bábitchev era o primeiro também nessa sociedade seleta. Bastava-lhe dirigir a palavra a alguém, e logo se formava uma roda. Todos o ouviam com uma atenção respeitosa. Ele se pavoneava em seu terno cinzento, grandioso, o mais alto de ombros. Pendia-lhe sobre a barriga um binóculo preto suspenso por correias. Ouvindo o interlocutor, metia as mãos nos bolsos e balançava-se suavemente sobre as pernas muito escarranchadas, do calcanhar aos dedos e dos dedos ao calcanhar. Ele coça o nariz com frequência. E depois de coçá-lo, olha os dedos, reunidos como que para apanhar uma pitada de qualquer coisa e postos bem junto dos olhos. Como escolares, os que o ouvem repetem involuntariamente os seus movimentos e a expressão do seu rosto. Também eles coçam o nariz, espantados consigo mesmos.

Furibundo, afastei-me deles. Eu estava sentado no bar e tomava cerveja, afagado pela brisa campestre. Eu chuchava a cerveja, acompanhando a brisa que esculpia enfeites delicados com as pontas da toalha da mesinha.

No aeroporto, juntaram-se muitas maravilhas: ali no campo floriam camomilas, bem junto da cerca; camomilas comuns, que expeliam um pó amarelado, ali rolavam baixo, na linha do horizonte, redondas, lembrando a fumaça de canhão de uma nuvem; ali mesmo, flechas de madeira indicavam diferentes direções, com o vermelho-cinábrio mais vivo; balançava-se, inflando-se e reduzindo-se, uma tromba de seda: o indicador dos ventos; e também ali arrastavam-se as máquinas voadoras, sobre a erva, a mesma erva das batalhas antigas, dos veados, dos feitos românticos. Saboreei esse gosto, essas encantadoras contradições e relações. O ritmo dos movimentos da tromba de seda predispunha à reflexão.

Desde o meu tempo de criança soa para mim com um quê de encantamento o nome de Lilienthal,[14] ventoso, vibrátil como os élitros de um inseto... Esse nome volante, como que distendido sobre leves pranchetas de bambu, está ligado em minha memória com o início da aviação. O homem esvoaçante, Otto Lilienthal, matou-se. As máquinas voadoras deixaram de se assemelhar às aves. As asas leves, de um amarelo transparente, foram substituídas por nadadeiras. Ao erguerem voo, pode-se pensar que elas se debatem contra a terra. Em todo caso, levantam poeira. A máquina de voar lembra agora um peixe pesado. Quão depressa a aviação se tornou uma indústria!

Estrugiu a marcha. Chegou o Comissário do Povo para as Forças Armadas. Rápido, passando na frente dos que o acompanhavam, o comissário percorreu a alameda. O impulso e a rapidez da sua marcha geravam vento. Folhas voaram atrás dele. A orquestra tocava com certo exibicionismo. E o comissário caminhava também com exibicionismo, todo entregue ao ritmo da orquestra.

---

[14] Otto Lilienthal (1848-1896), inventor e aeronauta alemão; morreu num desastre com a máquina que inventara. (N. do T.)

Corri para a cancela, à entrada do campo. Mas fui detido. Um militar disse-me "não pode" e pôs a mão na costela superior da portinha.

— Como assim? — perguntei.

Ele virou o rosto. Os seus olhos fixaram-se no ponto em que se desenrolavam interessantes acontecimentos. O piloto construtor do aparelho, de japona de couro avermelhado, estava em posição de sentido diante do comissário. Este tinha os ombros atarracados fortemente comprimidos por uma correia. Ambos faziam continência. Cessara qualquer movimento. Somente a orquestra era toda movimentação. Bábitchev também parara, a barriga empinada.

— Deixe-me passar, camarada! — repeti, tocando a manga do militar, e em resposta ouvi:

— Vou expulsá-lo do aeroporto.

— Mas eu estava ali. Afastei-me apenas por um instante. Estou acompanhando Bábitchev!

Era preciso mostrar o convite. Eu não tinha: Bábitchev simplesmente me levara consigo. Naturalmente, eu não ficaria de modo algum triste se não conseguisse entrar no campo. Mesmo onde eu estava, atrás da cerca, havia um lugar excelente para a observação. Mas eu insisti. Algo mais significativo que a simples vontade de ver tudo de perto obrigou-me a trepar no muro. De chofre, compreendi claramente a minha não pertinência àqueles que foram chamados para uma obra grande e importante, a inutilidade absoluta da minha presença entre eles, a minha estranheza a tudo de grande que essa gente fazia, quer ali no campo, quer em qualquer outra parte.

— Camarada, eu não sou um cidadão comum — disse nervoso (não saberia encontrar uma frase melhor para pôr em ordem a barafunda que se produzira nos meus pensamentos). — O que eu sou para o senhor? Um pequeno-burguês? Faça o favor de me deixar passar. Venho dali. (Indiquei com um aceno de mão o grupo de pessoas que estava recebendo o comissário.)

— O senhor não vem dali — sorriu o militar.

— Pergunte ao camarada Bábitchev!

Formando um alto-falante com as palmas das mãos, gritei; ergui-me na ponta dos pés:

— Andriéi Pietróvitch!

A orquestra, precisamente, silenciara. A derradeira batida do tambor fugia com um estrondo subterrâneo.

— Camarada Bábitchev!

Ele ouviu. O comissário voltou-se também. Todos se voltaram. O piloto levou a mão ao capacete, defendendo-se pitorescamente do sol.

O medo atravessou-me. Fiquei pisando o chão no mesmo lugar, numa parte qualquer, aquém da cerca; como acontecera que eu, um homem barrigudo, de calças encolhidas, me atrevera a desviar a atenção deles? E quando se seguiu o silêncio, quando eles, antes ainda de precisar quem chamara um do grupo, imobilizaram-se em poses de expectativa, eu não encontrei em mim mesmo forças para chamar de novo.

Mas ele sabia, ele via, ele ouvira que fora eu quem o chamara. Um instante, e tudo acabou. Os participantes do grupo assumiram as poses primitivas. Quanto a mim, estava prestes a chorar.

Então eu me levantei mais uma vez na ponta dos pés e, através do mesmo alto-falante, enviei, ensurdecendo o militar, àquela parte inatingível, um urro retumbante:

— Salsicheiro!

E novamente:

— Salsicheiro!

E muitas vezes ainda:

— Salsicheiro! Salsicheiro! Salsicheiro!

Eu via somente a ele, Bábitchev, que se destacava dos demais com o seu chapéu tirolês. Lembro-me de um desejo de fechar os olhos e de me sentar sobre a cerca. Não me lembro se fechei os olhos, mas se os fechei, em todo caso ainda consegui ver o mais importante. O rosto de Bábitchev voltou-se para mim. Ficou dirigido na minha direção durante um décimo de segundo. Não havia olhos. Havia duas plaquinhas de *pince-nez*, que brilhavam embotadas, que nem mercúrio. O medo de algum castigo imediato levou-me a uma condição semelhante ao sono. Vi um sonho. E assim me pareceu que estava dormindo. E o mais terrível naquele sonho foi o fato de que a cabeça de Bábitchev voltou-se para mim, sobre o corpo imóvel, realizando para isto um giro sobre o seu eixo próprio, como um parafuso. As suas costas permaneciam imobilizadas.

X

Deixei o aeroporto.

Mas a festa, que ressoava ali, me atraía. Detive-me sobre o aterro verde e, apoiado numa árvore, permaneci parado, recebendo poeira.

As sarças rodeavam-me como a um santo. Eu quebrava os ternos raminhos, de sabor acidulado, e sugava-os. Fiquei parado, o rosto pálido e bonachão, olhando o céu.

Uma das máquinas saiu voando do aeroporto. Rolou sobre mim com um rom-rom ameaçador, amarela, obliquamente, como um cartaz de anúncio, quase estraçalhando a folhagem da minha árvore. Mais alto, mais alto — eu acompanhei-a com a atenção, sempre pisoteando o aterro: ela voava para longe, ora emitindo uma chama, ora enegrecendo. Modificava-se a distância e também ela se modificava, assumindo a conformação de diferentes objetos: a culatra de um fuzil, um canivete, uma flor de lilás pisoteada...

Ocorrera sem a minha presença a solenidade do voo inaugural de uma nova máquina soviética. Estava declarada a guerra. Eu ofendera Bábitchev.

Mais um instante, e eles despencarão em denso grupo através do portão do aeroporto. Os motoristas já davam mostras de atividade. Eis o automóvel azul de Bábitchev. O motorista Alpers me vê e me faz sinais. Volto-lhe as costas. Os meus sapatos enredaram-se na aletria verde do capim.

Tenho de falar com ele. Ele deve compreender. Eu preciso explicar-lhe que ele é que tem culpa, não eu, mas justamente ele. Ele não sairá sozinho. E eu tenho de falar com ele a sós. Daqui irá para a repartição central. Eu vou passar na sua frente.

Na repartição disseram: ele está na construção.

O *Vinte e cinco*? Neste caso, vamos ao *Vinte e cinco*! Era como se o maligno me impelisse; certa palavra, que era preciso dizer-lhe, parecia já ter-se desprendido dos meus lábios, e eu corri atrás dele, apressado, temeroso de não o alcançar, de perdê-lo, de esquecer.

A construção apareceu ante mim qual miragem amarelenta, suspensa no ar. Eis o *Vinte e cinco*! Ela estava atrás das casas, longe: partes destacadas dos andaimes fundiram-se numa só; pairava ao longe, era uma colmeia levíssima...

Acerco-me. Poeira e barulhão. Ensurdeço e adoeço de catarata. Caminhei sobre um forro de madeira. Um pardal desceu voando de um toco de árvore, as tábuas vergavam-se ligeiramente, trazendo lembranças infantis e cômicas de gangorra; caminhei, sorrindo ao ver como a serragem se depositava e como os ombros ficavam então encanecidos.

Onde procurá-lo?

Um caminhão atravessado no caminho. Ele não pode de modo algum entrar ali. Debate-se, soergue-se e cai, como um besouro que procurasse passar de uma superfície horizontal para outra vertical.

Os caminhos estão emaranhados, pareço caminhar dentro do ouvido de alguém.

— Camarada Bábitchev?

Indicam-me: é ali. Alhures, estão arrancando tampas enormes de barril.

— Onde?

— É ali.

Caminho sobre uma viga, por cima de um abismo. Balanço-me. Embaixo, escancara-se algo que lembra o porão de um navio.

Imensurável, negro, fresco. Tudo em conjunto lembra um estaleiro. Eu estorvo a todos.
— Onde?
— É ali.
Ele é inatingível.
Apareceu uma vez: o seu corpanzil passou por cima de um rebordo de madeira. Desapareceu. E ei-lo que torna a aparecer em cima, longe; separa-nos um vazio imenso, tudo isto que em breve será um dos pátios do edifício.
Ele se deteve. Estão com ele mais umas pessoas: bonés, aventais. Tanto faz, vou chamá-lo à parte, para lhe dizer uma palavra só: "desculpe".
Indicaram-me o caminho mais curto para aquela parte. Falta apenas uma escada. Já ouço vozes. Falta vencer só alguns degraus...
Mas eis o que acontece. Tenho de me dobrar, para não ser varrido. Abaixo-me, agarro com as mãos um degrau de madeira. Bábitchev passa voando sobre mim. Sim, voou pelos ares.
Vi um vulto estranhamente diminuído e imóvel; não vi um semblante, mas somente narinas: dois buracos, como se eu olhasse de baixo para um monumento.
— O que foi?
Rolei pela escada.
Ele desaparecera. Voara para longe. Transportara-se para longe, sobre um *waffel* de ferro. Uma sombra gradeada acompanhava-lhe o voo. Ele estava em pé sobre a coisa de ferro, que descrevera um semicírculo com uivos e rangidos. Quanta coisa poderia ser: um dispositivo técnico, um guindaste. Um quadrilátero de trilhos cruzados. Fora através dos espaços vazios, dos quadrados, que eu vira as suas narinas.
Sentei-me no degrau.
— Onde ele está? — perguntei.
Operários riam em volta, e eu sorria para todos os la-

dos, como um palhaço que tivesse coroado a sua entrada no picadeiro com o salto mais divertido.

— Não sou o culpado — disse eu. — Ele é que tem culpa.

XI

Resolvi não regressar a sua casa. A minha morada anterior já pertencia a outrem. Havia um cadeado na porta. O novo morador estava ausente. Lembrei-me: a viúva Prokópovitch tem um rosto que lembra um cadeado suspenso. Será possível que ela entre novamente em minha vida?

Passei a noite no bulevar. A manhã magnífica dissolveu-se por cima de mim. Mais alguns desabrigados dormiam em bancos nas proximidades. Dormiam retorcidos, as mãos enfiadas nas mangas e apertadas sobre a barriga, e lembravam chineses amarrados e decapitados. A aurora tocava-os com os seus dedos frescos. Eles soltavam "ohs", gemiam, sacudiam-se e sentavam-se, sem abrir os olhos e sem separar os braços.

Os pássaros acordaram. Ressoaram sons miúdos: pequenas vozes de pássaros em comunicação entre si, vozes da erva. Pombos movimentaram-se num nicho de tijolo.

Levantei-me trêmulo. Os bocejos sacudiam-me como a um cão.

(Abriam-se portões. Um copo encheu-se de leite. Juízes emitiram um veredicto. Um homem que trabalhara a noite toda acercou-se da janela e espantou-se, não reconhecendo a rua naquela iluminação inusitada. Um doente pediu água. Um menino veio correndo para a cozinha, a fim de verificar se algum rato fora parar na ratoeira. Começara a manhã.)

Nesse dia, escrevi uma carta a Andriéi Bábitchev. Enquanto comia *zrázi* "Nelson"[15] no Palácio do Trabalho, na Solianka, e tomava cerveja, escrevi:

"Andriéi Pietróvitch! O senhor me agasalhou. O senhor me pôs sob a sua asa. Eu dormi no seu admirável divã. O senhor sabe como eu vivera mal, antes disso. Surgiu a noite abençoada. O senhor compadeceu-se de mim e recolheu-me bêbado.

O senhor rodeou-me de lençóis de linho. O liso e o friozinho da fazenda pareciam calculados para domar o meu ardor, o meu desassossego.

Em minha vida surgiram até os botões de osso do cobertor forrado, e neles boiava — bastava encontrar o ponto conveniente — o anel irisado do espectro. Imediatamente os reconheci. Eles voltavam do cantinho mais afastado, há muito esquecido, do cantinho infantil da memória.

Recebi uma cama.

Esta simples palavra era para mim tão poeticamente distante como a palavra '*cerceau*'.[16]

O senhor me deu uma cama.

Das alturas do bem-estar, o senhor deixou cair sobre mim a nuvem do leito, auréola que se uniu a mim com um calor enfeitiçado, e que me envolveu de reminiscências, de suaves mágoas e de esperanças. Passei a confiar em que ainda se poderia fazer

---

[15] Espécie de rocambole de carne moída, com recheio de trigo-sarraceno. (N. do T.)

[16] Do latim *circellus* (pequeno círculo), *cerceau* designa, em francês, tanto o aro utilizado em várias brincadeiras infantis como o aro que é atravessado por um acrobata. (N. da E.)

voltar muito daquilo que se predestinara à minha mocidade.

O senhor foi meu benfeitor, Andriéi Pietróvitch! Veja só: um homem famoso aproximara-me de si! Uma personalidade admirável levara-me para sua casa. Quero expressar-lhe agora os meus sentimentos.

A rigor, é um só o sentimento: o ódio.

Odeio-o, camarada Bábitchev.

Escrevo esta carta para quebrar-lhe a arrogância. Desde os primeiros dias da minha existência ao seu lado, passei a sentir medo. O senhor me esmagou. O senhor sentou-se em cima de mim.

O senhor fica parado de ceroulas. O suor espalha um cheiro de cerveja. Olho para o senhor, e o seu rosto começa a ampliar-se estranhamente, o dorso também se amplia: infla-se e modela-se o barro de não sei que estátua, um ídolo. Estou prestes a gritar.

Quem deu a ele o direito de me esmagar?

Em que sou pior do que ele?

Será ele mais inteligente?

Mais rico espiritualmente?

De uma organização mais sutil?

Mais forte? Mais importante?

Maior não só pela condição, mas também pela essência?

Por que devo reconhecer a sua superioridade?

Formulei para mim essas questões. Cada dia de observação dava-me uma partícula de resposta. Passou um mês. Sei a resposta. E não temo mais o senhor. O senhor é simplesmente um alto funcionário embotado. E nada mais. Não foi com a sua personalidade significativa que me esmagou. Oh, não! Agora eu já o compreendo claramente, e examino-o depois de fazê-lo sentar-se na palma da minha mão. Passou o meu medo do senhor, como uma coisa infantil. Deixei-o cair de cima de mim. O senhor é uma falsificação.

Houve tempo em que eu me atormentei com dúvidas. 'Talvez eu seja insignificante perante ele', pensava. 'Talvez ele esteja me fornecendo, a mim que tenho tanto amor-próprio, um exemplo de grande homem?'

Mas constato que o senhor é simplesmente um alto funcionário, ignorante e embotado como todos os altos funcionários que existiram antes do senhor e que existirão depois. E como todos os altos funcionários, o senhor é um déspota. Somente assim se pode explicar o furacão que levantou em torno de um pedaço de medíocre mortadela, ou o fato de ter trazido da rua um jovem desconhecido. E talvez devido ao mesmo despotismo tenha aproximado de si Volódia Makárov, de quem eu sei apenas que é um futebolista. Quanto ao senhor, é um magnata. Precisa de bufões e de parasitas. Não duvido que esse Volódia Makárov tenha fugido do senhor, por não tolerar mais os seus escárnios. Certamente, o senhor o transformava continuamente, como a mim, num bobo.

O senhor declarou que ele vivia em sua casa como um filho, que ele lhe salvara a vida, o senhor até devaneou ao recordá-lo. Lembro-me. Mas é tudo mentira. O senhor se constrange de reconhecer em si tendências de grão-senhor. Mas eu vi o sinal de nascença que tem junto aos quadris.

A princípio, quando o senhor me disse que o divã pertencia ao outro, e que, apenas ele voltasse, eu teria de ir para todos os diabos, fiquei ofendido. Mas no instante seguinte eu compreendi que o senhor era frio e indiferente tanto em relação a mim como a ele. O senhor é o patrão, e nós, os parasitas da casa.

Mas, ouso assegurar-lhe, nem ele nem eu voltaremos mais a morar com o senhor. O senhor não tem consideração pelas pessoas. Ele só voltará no caso de ser mais estúpido do que eu.

O meu destino se formou de tal modo que não tenho a meu favor nem degredo, nem um período de atuação revolucionária. Não me confiarão trabalhos de tamanha responsabilidade como fabricação de refrigerantes gasosos ou instalação de colmeias.

Mas significará isto que eu seja um mau filho do século, e o senhor, um bom? Significará isto que eu seja ninguém, e o senhor, um grande alguém?

O senhor me achou na rua...

E de que maneira embotada agiu!

'Na rua', decidiu o senhor, 'ora, está bem, é uma personalidade duvidosa, que trabalhe um pouco. Que seja revisor de provas, corretor de textos, leitor, vá lá.' O senhor não desceu até o jovem encontrado na rua. Nisso é que se revelou o seu encantamento consigo mesmo. O senhor é um alto funcionário, camarada Bábitchev!

O que lhe pareci eu? Um *lumpen-proletariat* em vias de se perder? O senhor resolveu apoiar-me? Agradeço-lhe. Sou forte — está ouvindo? —, sou forte o suficiente para me perder e erguer-me e tornar a me perder.

Interessa-me saber como agirá depois de ler a minha carta. Talvez o senhor se empenhe para que eu seja desterrado, ou talvez me interne num manicômio? O senhor pode tudo, é um grande homem, um membro do governo. O senhor mesmo disse do seu irmão que se devia fuzilá-lo. E disse também: vamos prendê-lo em Kanátchikov. O seu irmão, que produz uma impressão incomum, é misterioso e incompreensível para mim. Trata-se de um enigma, não compreendo mais nada. O nome Ofélia me perturba estranhamente. E o senhor, ao que me parece, teme este nome.

Apesar de tudo, formulo algumas suposições. Prevejo algo. Vou estorvá-lo. Sim, estou quase certo de que será assim. Mas eu não permitirei ao senhor fazer o que pretende. Está procurando possuir a filha do seu irmão. Vi-a apenas uma vez. Sim, fui eu que lhe falei do ramo repleto de folhas e flores. O senhor é desprovido de imaginação. Zombou de mim. Eu ouvi a conversa no telefone. O senhor me prejudicou aos olhos da moça, do mesmo modo que prejudicou a ele, ao pai. Não lhe convém consentir que a moça que o senhor deseja dominar, torná-la uma boba junto a si, como conseguiu fazer-nos uns bobos, que esta moça tenha uma alma terna, sensível. O senhor quer utilizá-la como utiliza (aplico intencionalmente esta sua palavra) 'cabeças e pernas de carneiro, com a ajuda de brocas elétricas em espiral, inteligentemente aplicadas' (da brochura que o senhor escreveu).

Mas não, eu não lhe consentirei isto. Pois sim: um bocado tão apetitoso! O senhor é um glutão, um gastromaníaco. Acaso se deterá diante seja do que for, em se tratando de satisfazer a sua fisiologia? O que o impedirá de perverter uma jovem? O fato de ser sua sobrinha? Mas o senhor zomba da família, da progênie. O senhor quer amestrá-la.

Eis por que ataca com tamanha fúria o seu irmão. No entanto, qualquer um dirá apenas ao vê--lo: é uma pessoa admirável. Eu penso, mesmo sem o conhecer: ele é genial, não sei em que campo... O senhor o encurrala. Eu ouvi o senhor bater com o punho na balaustrada. O senhor obrigou uma filha a abandonar o pai.

Mas não me encurralará.

Coloco-me na defesa do seu irmão e da filha dele. Ouça, seu paspalho, que riu do ramo repleto de folhas e flores, ouça — sim, somente assim, somente com esta exclamação eu pude expressar o meu êxtase ao vê-la. E que palavras prepara o senhor para ela? Chamou-me de alcoólatra, apenas porque me dirigi à moça em linguagem figurada, incompreensível para o senhor? O incompreensível ora é ridículo, ora terrível. Agora, o senhor ri, mas em breve eu o farei atemorizar-se. Não creia que eu saiba pensar apenas em sentido figurado; sei fazê-lo de maneira bem real. E então? A respeito dela, de Vália, posso falar até com palavras comuns; pois bem, como queira, vou citar-lhe agora uma série de definições compreensíveis para o senhor, e o farei intencionalmente, para atiçá-lo, para espicaçá-lo com aquilo que não receberá, meu prezado salsicheiro!

Sim, ela ficou parada na minha frente; sim, a princípio di-lo-ei à minha maneira: ela era mais leve que uma sombra, poderia invejá-la a mais leve das sombras — a sombra da neve caindo; sim, a princípio à minha maneira: não era com os ouvidos que ela me ouvia, mas com as têmporas, a cabeça ligeiramente inclinada; sim, o seu rosto lembra uma noz — pela cor, devido à pele queimada, e pela conformação, pelos zigomas arredondados, que se estreitam na direção do queixo. Compreende isto? Não? Neste caso, tem mais. Com a corrida, o seu vestido ficou em desalinho, abriu-se, e eu vi: nem toda a sua pele está queimada, e em seu peito eu vi a forquilha azulada de uma veia...

E agora, à sua maneira. Uma descrição daquela que o senhor quer abocanhar. Diante de mim estava uma jovem de uns dezesseis anos, quase uma menina, larga de ombros, os olhos cinzentos, os cabelos curtos e eriçados, uma adolescente encantadora, esbelta como uma figurinha de xadrez (isto já é à minha maneira!), não muito alta.

O senhor não a possuirá.

Ela será minha mulher. Foi com ela que eu sonhei a vida toda.

Guerreemos! Enfrentemo-nos! O senhor é treze anos mais velho. Eles estão atrás do senhor e na minha frente. Mais um que outro êxito no ramo da salsicharia, ainda um que outro restaurante a preços baixos, eis os limites da sua atividade.

Oh, são bem diferentes os meus sonhos!

Não será o senhor, serei eu quem terá Vália. Nós faremos barulho na Europa, onde se ama a glória.

Receberei Vália como um prêmio, por tudo: pelas humilhações, pela mocidade que não cheguei a ver, pela minha vida de cachorro.

Eu falei ao senhor da cozinheira. Lembre-se do que lhe disse sobre a sua maneira de lavar-se no corredor. Pois bem, eu verei coisa bem diferente: em alguma parte, algum dia, o quarto estará vivamente iluminado de sol, haverá uma bacia azul junto à janela, a janela bailará na bacia, e Vália se lavará sobre a bacia, brilhando como uma carpa, vai espalhar borrifos, dedilhar as claves da água...

Farei tudo para que este sonho se realize! O senhor não utilizará Vália.

Até logo, camarada Bábitchev!

Como pude desempenhar um papel tão humilhante no decorrer de todo um mês? Não voltarei mais a sua casa. Espere: talvez volte aquele seu primeiro bobalhão. Dê-lhe minhas lembranças. Que felicidade para mim, não voltar mais a sua casa!

Toda vez que o meu amor-próprio sofrer por algum motivo, sei que no mesmo instante, por uma associação de ideia, lembrarei uma das noites que passei perto da sua escrivaninha. Que visões penosas!

Anoitece. O senhor à escrivaninha. Irradia autoencantamento. 'Eu trabalho' — atroam esses raios de luz — 'estás ouvindo, Kavaliérov? Eu trabalho, não me atrapalhe... *tss*... pequeno-burguês.'

E de manhã partem louvores de bocas diversas:

'Um grande homem! Uma pessoa admirável! Uma personalidade ímpar, Andriéi Pietróvitch Bábitchev!'

Mas ao mesmo tempo que os bajuladores entoavam-lhe hinos, ao mesmo tempo que a autossatisfação o deixava inchado, vivia ao seu lado um homem que ninguém levava em conta e cuja opinião ninguém perguntava; um homem que seguia cada um dos seus movimentos, que o estudava, que o observava, não de baixo, não servilmente, mas de maneira humana, tranquila, e que chegou à conclusão de que o senhor é um alto funcionário e nada mais, uma pessoa comum, erguida a uma altura invejável, graças unicamente às condições exteriores.

Não há motivo para se fazer de besta.

Aí está tudo o que eu queria lhe dizer.

O senhor quis fazer de mim um bufão, e eu me tornei seu inimigo. 'Contra quem você está guerreando, patife?' — gritou o senhor ao seu irmão. — Não sei a quem o senhor estava se referindo: a si mesmo, ao seu partido, às suas fábricas, às suas lojas, às colmeias? Não sei. Mas eu guerreio o senhor: guerreio o mais comum dos grão-senhores, o egoísta, o libidinoso, o néscio certo de que tudo lhe sairá bem. Guerreio pelo seu irmão, pela jovem que o senhor enganou, pela ternura, pelo *páthos*, pela personalidade, pelos nomes que perturbam, como o nome Ofélia, por tudo o que o senhor esmaga, o senhor, um homem admirável. Lembranças minhas a Solomon Chapiro..."

XII

A arrumadeira deixou-me entrar. Bábitchev não estava mais em casa. O leite tradicional fora bebido. O copo turvo estava sobre a mesa. Ao lado, um prato de biscoitos que lembravam o alfabeto hebraico. A vida humana é insignificante. É assustador o movimento dos mundos. Quando eu me instalei aqui, a mancha do sol estava às duas horas sobre a ombreira da porta. Passaram-se trinta e seis dias. E a mancha já pulou para o outro quarto. A terra percorreu uma fração do seu caminho. E a mancha de luz, brinquedo de criança, um coelhinho, lembra-nos a eternidade.

Saí para o terraço.

Na esquina, um magote de pessoas ouvia um repicar de sino. O sino repicava numa igreja que era invisível do terraço. Essa igreja é famosa pelo seu sineiro. Basbaques levantavam alto a cabeça. Conseguiam ver o trabalho do célebre sineiro.

De uma feita, também eu passara uma hora bem contada naquela esquina. O interior do campanário aparecia ali no vão de um arco. Mais longe, na treva fuliginosa que sói existir nos sótãos, em meio às traves envolvidas de teias de aranha, enraivecia-se o sineiro. Vinte sinos dilaceravam-no. Ele jogava o corpo para trás como um cocheiro, inclinava a cabeça, ululava talvez. Ele se retorcia no ponto médio, no centro da sombria teia de aranha das cordas, ora se imobilizava, suspenso pelos braços espalhados, ora se jogava a um canto, depois de percorrer todo o emaranhado de nanquim da teia: um músico misterioso, negro, indistinto, talvez disforme como Quasímodo.

(Aliás, era a distância que o pintava assim terrível. Querendo, podia-se dizer também o seguinte: o mujiquezinho está dispondo os pratinhos, o aparelho de louça. E chamar o repicar do campanário famoso de uma mistura de sons de restaurante e de estação ferroviária.)

Fiquei escutando do terraço.

— *Tom-vir-lir-li! Tom-vir-lir-li! Tom-vir-lir-li!*

Tom Virlirli. Pairava no ar um certo *Tom Virlirli.*

Tom Virlirli,
O Tom do alforje,
O jovem Tom Virlirli!

O desgrenhado sineiro transpôs em música muitas das minhas manhãs. *Tom* — o golpe do grande sino, do grande caldeirão. *Virlirli* — os pratinhos miúdos.

Tom Virlirli penetrou em mim numa das magníficas manhãs que eu passei sob esse teto. A frase musical transformou-se em frase verbal. E eu imaginei vivamente esse Tom.

Um jovem que corre os olhos pela cidade. Um jovem desconhecido de todos já chegou, já está próximo, já vê a cidade, que dorme e não suspeita nada. A névoa matinal apenas se dissipa. A cidade esfuma-se no vale como nuvem verde, cintilante. Tom Virlirli tem um sorriso, leva a mão ao coração e olha a cidade, procurando os conhecidos pelos desenhos infantis dos contornos.

O jovem traz um alforje às costas.

Ele fará tudo.

Ele é a própria altivez da mocidade, o próprio mistério dos sonhos orgulhosos.

Passarão os dias, e logo (não muitas vezes o coelhinho solar pulará da ombreira da porta para outro quarto) meninos, que sonharão em passar assim, alforje às costas, pelos subúrbios da cidade, pelos subúrbios da glória, vão cantarolar a cançãozinha sobre o homem que fizera aquilo que queria:

Tom Virlirli,
O Tom do alforje,
O jovem Tom Virlirli!

E foi assim que o som de uma comum igrejinha de Moscou transformou-se em mim num devaneio romântico, de caráter evidentemente europeu ocidental.

Deixarei a carta sobre a mesa, reunirei os meus tarecos (num alforje?) e irei embora. Depositei a carta, dobrada num quadradinho, sobre a lâmina de vidro, junto do retrato daquele que eu considerava um companheiro de infortúnio.

Bateram à porta. Seria ele?

Fui abrir.

À porta estava Tom Virlirli, o alforje na mão, sorrindo alegre (um sorriso japonês), e parecia ter visto pela porta um amigo querido, acarinhado em sonhos, era um Tom Virlirli encabulado, e de certa forma parecido com Vália.

Tratava-se do jovem escuro, Volódia Makárov. Olhou-me admirado, depois correu os olhos pela sala. O seu olhar voltou diversas vezes ao divã, e mais embaixo, para o ponto onde apareciam as minhas botinas.

— Viva! — saudei-o.

Acercou-se do divã, sentou-se, passou algum tempo ali, e em seguida foi para o quarto de dormir, voltou depois de alguns instantes e, parando junto ao vaso-flamingo, perguntou-me:

— Onde está Andriéi Pietróvitch? Na repartição central?

— Não garanto. Andriéi Pietróvitch voltará à noitinha. É possível que ele traga um novo bobalhão. O senhor foi o primeiro, eu o segundo, ele será o terceiro. Ou, antes do senhor, já existiram outros bobalhões? Ou talvez ele traga uma garota.

— Quem? — perguntou Tom Virlirli. — Como? — perguntou ele, franzindo de incompreensão o rosto. As suas têmporas soergueram-se.

Tornou a sentar-se no divã. As botinas sob o móvel inquietavam-no. Via-se que ele as tocaria de bom grado com o calcanhar da bota.

— Por que voltou? — perguntei. — Para que diabo voltou? O seu papel e o meu já estão acabados. Agora ele está ocupado com outra coisa. Está pervertendo uma menina. A sobrinha, Vália. Compreendeu? Vá embora. Ouça-me!

(Atirei-me na sua direção. Ele continuava sentado imóvel.)

— Ouça! Faça o mesmo que eu! Diga-lhe toda a verdade... Eis aqui (agarrei a carta sobre a mesa), eis aqui a carta que escrevi a ele...

O rapaz me afastou. O alforje depositou-se como de hábito no cantinho junto ao divã. Ele foi até o telefone e chamou a repartição central.

Os meus tarecos nem chegaram a ser reunidos.
Larguei tudo e fugi.

XIII

A carta ficara comigo. Resolvi destruí-la. O futebolista mora em sua casa como um filho. Pela maneira como o alforje se acomodara, no canto, pelo olhar com que percorreu a sala, pelo gesto com que retirou o fone do gancho, pelo tom com que chamou o número, via-se: ele é uma pessoa da casa, esta casa lhe pertence. A noite mal dormida atuou sobre mim. Eu não escrevi o que pretendia. Bábitchev não compreenderia a minha indignação. Ele a explicaria com a inveja. Pensaria que eu invejo Volódia.

Foi bom que a carta tivesse ficado comigo. Senão, teríamos um tiro de pólvora seca.

Enganei-me, pensando que Volódia era junto dele um bufão, alguém para divertir. Por conseguinte, em minha carta, eu não devia ter assumido a sua defesa. Pelo contrário. Agora, depois de encontrá-lo, eu via a sua sobranceria. Bábitchev educa e acarinha alguém parecido consigo. Resultará um homem igualmente cego e inflado de orgulho.

O seu olhar dizia: "Desculpe-me, está enganado. O parasita da casa é o senhor. Mas eu tenho todos os direitos. Sou o senhorzinho".

Eu estava sentado num banco. E nesse momento constatei um fato horrível.

O quadradinho de papel não era aquele: o meu era maior; não era a minha carta. A minha ficara lá. Com a pressa, eu agarrara uma outra. Ei-la:

"Meu caro e simpático Andriéi Pietróvitch! Bom dia, bom dia! Estás de boa saúde? O teu novo inquilino não te esganou ainda? Ivan Pietróvitch não atirou contra ti a 'Ofélia'? Toma cuidado: esses dois, o teu Kavaliérov e Ivan Pietróvitch, entrarão em combinação e darão cabo de ti. Toma muito cuidado. Pois tu és fraquinho, é fácil ofender-te...

Por que te tornaste tão confiante? Deixas entrar em casa qualquer vagabundo. Manda-o para o diabo! Devias ter dito já no dia seguinte: '— Bem, já dormiu, meu jovem, até logo!'. Vejam só, quanta delicadeza! Logo que li a tua carta, em que escrevias que te lembraste de mim e tiveste pena daquele bêbado junto ao murinho, que o levantaste e levaste para casa, em minha intenção, porquanto também comigo pode acontecer uma desgraça e então também eu vou jazer assim, quando eu li isto, achei engraçado e incompreensível. Como se a carta não fosse tua, mas de Ivan Pietróvitch.

Tudo saiu como eu supunha: levaste esse espertalhão à tua casa, e ficaste naturalmente sem saber o que fazer com ele. Pedir-lhe que vá embora, não dá jeito, mas diabo sabe o que convém! Certo? Estás vendo: estou te pregando moral. É que tens um trabalho que predispõe ao sentimentalismo: frutas, ervinhas, abelhinhas, bezerros e tudo assim. Mas eu sou da indústria. Ria-se, ria-se, Andriéi Pietróvitch! Você sempre ri de mim. Mas eu, compreenda-me, já sou a nova geração.

E o que será agora? Bem, eu volto, e o que fazer então com esse teu original? E se de repente ele se põe a chorar e se recusa a deixar o divã? Terás pena dele. Sim, estou com ciúme. Vou expulsá-lo, vou quebrar-lhe a cara. Tu é que és bondoso assim, só gritas, bates com o punho, sobes a serra, mas quando a coisa chega às vias de fato, passas a ter pena. Não fosse eu, e Valka[17] até hoje penaria em casa de Ivan Pietróvitch. Como consegues segurá--la aí? Ela não voltou para lá? Bem que tu sabes: Ivan Pietróvitch é um homem esperto, fingido, diz de si mesmo que é charlatão e homem barato. Certo? Portanto, não tenhas pena dele.

Experimenta arranjar-lhe emprego no dispensário. Fugirá. Ou então oferece uma vaga no dispensário a esse teu Kavaliérov? Ficará ofendido.

Ora, está bem. Não te zangues. Foram tuas palavras: 'Ensina-me, Volódia, e eu te ensinarei também'. E aí está, aprendemos ambos.

Vou chegar em breve. Por estes dias. Papai manda-te lembranças. Adeus, cidadezinha de Múrom! Ao caminhar de noite, compreendo que, na realidade, a cidade nem existe. As oficinas estão aí, mas o que é a cidadezinha? Apenas um complemento das oficinas. Tudo existe em função delas. As oficinas estão acima de todos. De noite, na cidade, são as trevas do Egito, os fantasmas. E mais do lado, no campo, as oficinas ardem e brilham — uma festa!

E na cidade (eu vi) um bezerro correu atrás do vigilante de bairro, atrás da sua pasta de couro (ele a segurava sob a axila). O animal corria, estalava os lábios, queria mastigá-la talvez... Imagina o quadro: uma cerca viva, uma poça d'água, o vigilante caminha de chapéu vermelho, tudo em ordem, e eis o bezerro que faz pontaria sobre a pasta de couro. Contradições, compreendes?

Não gosto desses bezerros. Sou um homem-

---

[17] Outro diminutivo de Valiéria ou Valientina. (N. do T.)

-máquina. Não me reconhecerás. Transformei-me numa máquina. Ou se ainda não me transformei, quero transformar-me. As máquinas daqui são umas feras! De raça! Máquinas admiravelmente indiferentes, orgulhosas. Não é o mesmo que nas tuas salsicharias. Vocês se ocupam de artesanato. Só pensam em matar bezerros. Mas eu quero ser máquina. Quero aconselhar-me contigo. Quero tornar-me orgulhoso do meu trabalho, orgulhoso de trabalhar. Ser indiferente — compreendes? — a tudo o que não seja trabalho! Fiquei com inveja da máquina, aí é que está! Em que sou pior do que ela? Fomos nós mesmos que a inventamos e criamos, e ela se revelou muito mais feroz do que nós. Se a movimentas, lá vai! E trabalha tão bem, que não há um numerozinho que seja supérfluo. Eu também quero ser assim. Compreendes, Andriéi Pietróvitch? Nenhum numerozinho a mais. Que vontade de conversar contigo!

 Imito-te em tudo. Agora eu até faço o mesmo ruído com a boca.

 Quantas vezes fico pensando em como a sorte me ajudou! Tu me levantaste, Andriéi Pietróvitch! Nem todos os da Juventude Comunista vivem assim. E eu vivo junto a ti, uma pessoa sábia, admirável. Qualquer um pagaria caro por uma vida dessas. Bem que eu sei: muitos me invejam. Obrigado, Andriéi Pietróvitch! Não rias — estou fazendo uma declaração de amor. Dirás: uma máquina, e faz declaração de amor. Certo? Não, eu digo verdade: serei máquina.

 Como vão os negócios? O *Vinte e cinco* está em construção? Não desabou nada? Que tal o *Força e calor*? Conseguiste apaziguar? E Kampfer?

E em casa? Então, um cidadão desconhecido está dormindo no meu divãzinho? Vai soltar piolhos. Lembras-te de quando me trouxeram do futebol? Até agora sinto um pouco. Estás lembrado? E tu te assustaste, Andriéi Pietróvitch? Te assustaste, não é mesmo? Papa-moscas que és! Fiquei deitado no divã; a perna pesada, que nem um trilho. Fiquei te olhando: estás à mesa, atrás do abajur verde, escrevendo. Olho para ti, e de repente também me olhas; no mesmo instante, fecho os olhos, que nem fazia com mamãe!
Agora, a propósito do futebol. Vou jogar contra os alemães, no time de Moscou. E talvez se Chukhov estiver impedido, no selecionado da URSS. Uma beleza!
Como está Valka? É claro que vamos nos casar! Daqui a quatro anos. Estás rindo, dizes que não teremos paciência. Mas eu te declaro agora: daqui a quatro anos. Sim. Serei o Edison do século novo. Vou beijá-la pela primeira vez quando se inaugurar o teu *Vinte e cinco*. Sim. Não acreditas? Temos um trato assim. Tu não sabes de nada. No dia da inauguração do *Vinte e cinco*, vamos beijar-nos na tribuna, com o acompanhamento da orquestra.
Não me esqueças, Andriéi Pietróvitch. Que tal se de repente eu chego, e esse Kavaliérov é agora o teu melhor amigo, tu já me esqueceste e ele me substituiu junto a ti? Que tal se ele já faz ginástica contigo, vai contigo à construção? Quanta coisa pode acontecer! E que tal se ele é um rapaz excelente, muito mais agradável que eu, e tu fizeste amizade com ele, e eu, Edison do século novo, terei que sumir para todos os diabos? Quem sabe? Talvez tu estejas aí sentado com ele, com Ivan Pietróvitch e

com Valka, os três rindo de mim? E se o teu Kavaliérov casou-se com Valka? Diga-me a verdade. Então eu te matarei, Andriéi Pietróvitch. Palavra de honra. Pela traição às nossas conversas, aos nossos projetos. Compreendeste?

Ora, desembestei escrevendo, estorvo um homem ocupado. Que não haja nem um numerozinho a mais, e eu mesmo me soltei. É porque estamos separados, não é mesmo? Bem, até logo, meu querido e mui digno, até à vista, logo nos veremos."

XIV

Pairava sobre a cidade uma nuvem enorme, com o contorno da América do Sul. Ela brilhava, mas a sua sombra era assustadora. A sombra acercava-se da rua de Bábitchev com uma lentidão astronômica.

Todos os que já tinham penetrado no estuário daquela rua, e que caminhavam contra a corrente, viam os movimentos da sombra, obscurecia-se-lhes a visão, a nuvem tirava--lhes o chão que pisavam. Eles caminhavam como que sobre um globo giratório.

Ao lado deles, eu abria também o meu caminho. O terraço estava suspenso. Sobre a balaustrada, uma jaqueta. Não repicavam mais na igreja. Postei-me na esquina, em lugar dos basbaques. O jovem apareceu no terraço. Espantou-se com o tempo sombrio. Levantou a cabeça e espiou para fora, o corpo dobrado sobre a balaustrada.

A escada, a porta. Bato. O batucar do coração repuxa--me o forro da roupa. Vim para brigar.

Deixam-me entrar. Aquele que abrira, recua um passo, cobrindo-se com a folha da porta. Eis o que vejo em primeiro lugar: Andriéi Bábitchev. Ele está no meio do quarto, escarranchadas as pernas sob as quais deve passar o exército dos liliputianos. Tem as mãos enfiadas nos bolsos das calças. O paletó está desabotoado e dobra-se para trás. Devido às mãos nos bolsos, as abas atrás formam festões de ambos os lados. A sua pose diz:

"E então?"
É somente a ele que eu vejo. Quanto a Volódia Makárov, eu apenas o ouço.
Avanço sobre Bábitchev. Está chovendo.
Mais um instante, e vou cair de joelhos diante dele.
"Não me mande embora! Andriéi Pietróvitch, não me mande embora! Eu compreendi tudo. Creia em mim, como crê em Volódia! Creia em mim: também sou jovem, serei também o Edison do século novo, também hei de bendizer o senhor! Como eu pude deixar escapar a oportunidade, como pude permanecer cego, não fazer tudo para que o senhor gostasse de mim?! Deixe-me passar, entrar aí, dê-me um prazo de quatro anos..."
Mas, sem cair de joelhos, pergunto acintosamente:
— Por que não está no serviço?
— Vá embora daqui! — ouço em resposta.
Ele respondeu no mesmo instante, como se tivéssemos ensaiado antes. Mas a réplica chegou à minha consciência depois de um certo lapso. Aconteceu algo inconcebível.
Chovia. Talvez caíssem raios.
Não quero usar o sentido figurado. Quero falar com simplicidade. Li de uma feita *A atmosfera* de Camille Flammarion. (Que nome planetário! Flammarion é a própria estrela!) Ele descreve a descarga esferiforme, o seu surpreendente aspecto: um globo cheio e liso entra rolando sem ruído no compartimento, enchendo-o de uma luz ofuscante... oh, longe de mim a intenção de recorrer a comparações vulgares! Mas a nuvem era suspeita. Mas a sombra aproximava-se como no sonho. Mas chovia. A janela do quarto de dormir estava aberta. Não se deve deixar a janela aberta, quando há tempestade! Corrente de ar!
Com a chuva, com as gotas amargas como lágrimas, com as lufadas de vento, sob as quais o vaso-flamingo corre que nem uma chama, incendiando as cortinas, que também

se precipitam para o teto, Vália aparece, vinda do quarto de dormir.

Mas somente eu fico embasbacado com esta aparição.

E na realidade, é tudo muito simples: os amigos acorreram para ver um recém-chegado do interior. É possível que Bábitchev tenha ido buscar Vália, que talvez sonhasse com esse dia. Tudo muito simples. E quanto a mim, deve-se mandar-me ao dispensário, tratar-me com hipnose, para que não pense figurado e não atribua a uma jovem os efeitos da descarga esferiforme.

Desta maneira, estragarei o que é tão simples para vocês!

— Vá embora daqui! — repete-me o ouvido.

— Nem tudo é tão simples... — começo eu.

Há corrente de ar. A porta ficou aberta. O vento me fez crescer uma asa. Ela gira furiosa sobre o meu ombro, soprando-me nas pálpebras. A corrente de ar anestesiou-me metade do rosto.

— Nem tudo é tão simples — digo, apertando-me contra a ombreira, a fim de quebrar a asa terrível. — Você partiu daqui, Volódia, e nesse ínterim o camarada Bábitchev dormiu com Vália. Enquanto você vai esperar por lá quatro anos, Andriéi Pietróvitch terá tempo de se divertir um bocado com Vália...

Eu me vi além da porta. Metade do meu rosto estava anestesiada. Talvez eu não tenha sentido o golpe.

O cadeado estalou em cima de mim, como se um galho se tivesse quebrado e eu tivesse caído de uma linda árvore, igual a um fruto passado, preguiçoso, que chuchurreia ao cair.

— Tudo acabou — disse eu tranquilo, levantando-me.

— Agora vou matá-lo, camarada Bábitchev.

XV

Chove.

A chuva passeia pelo Bulevar das Flores, tamborila sobre o circo, volteia para os bulevares à direita e, atingindo as alturas de Pietróvski, de repente cega e perde a segurança.

Atravesso o "Cano", refletindo sobre o esgrimista do conto, que andou sob a chuva repelindo as gotas com o florete. O florete luzia, tremulavam as faldas do camisolão, o esgrimista retorcia-se, desmanchava-se como uma flauta — e permaneceu seco. Ele recebera a herança paterna. E eu me encharquei até as costelas, e, ao que parece, recebi um bofetão.

Eu acho que uma paisagem observada através dos vidros de diminuição de um binóculo ganha em brilho, nitidez e estereoscopia. As cores e os contornos como que se precisam. O objeto, que permanece um objeto conhecido, de repente se torna ridiculamente pequeno, incomum. Isso provoca no observador representações infantis. É como se víssemos um sonho. Reparem, um homem que regula o seu binóculo para diminuir a imagem, começa a sorrir radiante.

Depois da chuva, a cidade adquiriu brilho e estereoscopia. Todos viram: o bonde está pintado de carmim; os paralelepípedos da rua não são nada unicolores, entre eles existem até pedras verdes; o pintor saiu do nicho, lá no alto, onde se escondera da chuva, como um pombo, e caminhou sobre a talagarça dos tijolos; o menino que está à janela apanha o sol com o caco de um espelho...

Comprei de uma mulher um ovo e um pão francês. Quebrei o ovo no poste dos bondes, à vista dos passageiros, que corriam desabaladamente do portão Pietróvski. Dirigi-me para cima. Os bancos passavam na altura dos meus joelhos. Aqui, a alameda é um tanto proeminente. Mães muito bonitas estavam sentadas nos bancos, que elas forraram com lencinhos. Os olhos cintilavam nos rostos queimados, despediam uma luz de escama de peixe. Pescoços e ombros estavam também queimados. Mas os peitos grandes e jovens branquejavam sob as blusas. Só e escorraçado, eu bebia em angústia essa brancura, cujo nome era: leite, maternidade, matrimônio, altivez, pureza.

Uma babá segurava um bebê que lembrava pelas vestes o papa.

Uma garota de turbante vermelho tinha uma semente de girassol presa ao lábio. A garota ouvia a orquestra, sem ver que entrara numa poça d'água. Os pavilhões dos baixos lembravam orelhas de elefante.

Para todos eles, para as mães, as babás, as moças, os músicos enredados nas suas trompas, eu era um cômico. Os músicos enviezavam o olho na minha direção, inflando ainda mais as bochechas. A garota fungou, o que fez a semente por fim cair. E nesse momento ela notou também a poça d'água. Ela me culpou da sua própria falta de jeito e voltou-me o rosto com raiva.

Vou demonstrar que não sou um cômico. Ninguém me compreende. O incompreensível parece ora ridículo, ora terrível. Todos ficarão atemorizados.

Aproximei-me de um espelho de rua.

Gosto muito dos espelhos de rua. Eles surgem inesperadamente, e interpõem-se no nosso caminho. Você tem um caminho sossegado, um habitual caminho urbano, que não lhe augura maravilhas nem visões. Você vai andando sem supor nada, levanta os olhos e, de súbito, por um instante, começa a compreender: modificações inauditas ocorreram no mundo, nas leis do mundo. Transgrediu-se a Óptica, a Geometria, a essência daquilo que tinha sido a sua caminhada, o seu movimento, o seu desejo de ir justamente para onde estava indo. Você começa a crer estar vendo com a nuca, você até sorri perplexo para os transeuntes, você se encabula com esta sua vantagem.

— Ah... — suspira você baixinho.

O bonde, que mal acaba de sumir dos seus olhos, de novo corre na sua frente, e corta a beirada do bulevar como a faca corta uma torta. O chapéu de palha, pendurado por uma fita azul-celeste no braço de alguém (faz um instante que você o viu, ele atraiu a sua atenção, mas você não se dignou a virar-se), volta para você, flutua rente aos seus olhos.

Diante de você abre-se a distância. Todos estão convencidos: isto é uma casa, uma parede, mas você foi contemplado com uma vantagem sobre os demais: isto não é uma casa! Você desvendou um segredo: aqui não há uma parede, aqui há um mundo misterioso, onde se repete tudo o que você acaba de ver, e repete-se com aquela nitidez e estereoscopia inerentes apenas aos vidros de diminuição do binóculo.

Você, como se diz, está passando da conta. Tão inesperada é a transgressão das normas, tão inconcebível é a alteração das proporções. Mas você se alegra com a vertigem... Adivinhando do que se trata, você se apressa na direção do quadrado claro que se azula. O seu rosto pende imóvel no espelho, somente ele tem as formas naturais, somente ele é uma partícula que se conservou do mundo exato, enquanto tudo ruiu, modificou-se e adquiriu uma nova exatidão, que você de modo algum consegue apreender, ainda que passe uma hora inteira frente ao espelho, onde o seu rosto aparece como que num jardim tropical. A verdura é demasiado verde, é demasiado azul o céu.

Você não dirá jamais com certeza (enquanto não voltar

as costas ao espelho) em que direção vai o pedestre que você observou no espelho... Somente se você se virar...
Eu olhava o espelho, acabando de mastigar o pão francês.
Voltei-me.
Um pedestre, surgido de alguma parte do lado, encaminhava-se para o espelho. Impedi-o de refletir-se. Coube-me o sorriso que ele preparara para si mesmo. Ele era mais baixo que eu de uma cabeça, e levantou o rosto.
Ele se apressava na direção do espelho, a fim de jogar fora uma lagarta que caíra sobre a parte afastada do seu ombro. Ele a jogou fora com um piparote, torcendo o ombro como um violinista.
Continuei pensando nas ilusões ópticas, nos truques do espelho, e por isto perguntei ao recém-chegado, ainda antes de reconhecê-lo:
— De que lado o senhor veio? De onde apareceu?
— De onde? — respondeu-me. — De onde apareci? (Olhou-me com olhos cristalinos.) Eu mesmo me inventei.
Tirou o chapéu-coco, descobrindo a calva, e fez-me uma mesura exageradamente chique. É assim que os ex-homens saúdam um esmoler. E, como num ex-homem, as olheiras pendiam-lhe qual meias lilases. Estava chuchando uma balinha.
Num átimo, tive consciência: eis o meu amigo, meu mestre, meu consolador.
Agarrei-lhe a mão e, quase caindo contra ele, comecei a falar:
— Diga-me, responda-me!...
Ele ergueu as sobrancelhas.
— O que é... Ofélia?
Ele estava prestes a responder. Mas a fístula de um caramelo irrompeu num suco doce, no canto dos seus lábios. Extático e comovido, esperei a resposta.

SEGUNDA PARTE

I

Ivan Bábitchev não se assustava com a aproximação da velhice. Aliás, deixava escapar às vezes queixas sobre a vida que corria depressa, os anos gastos, um suposto câncer do intestino... Mas essas queixas eram demasiado lúcidas, provavelmente insinceras: umas queixas retóricas.
Acontecia-lhe encostar a palma da mão ao lado esquerdo do peito e perguntar sorrindo:
— Interessante: que som ocorre numa síncope cardíaca?
Certa feita, levantou a mão, mostrando aos amigos a face externa, onde as veias estavam dispostas em forma de árvore, e soltou a seguinte improvisação:
— Aqui está — disse ele — a árvore da vida. Eis a árvore que me fala da vida e da morte mais do que as árvores que florescem e murcham nos jardins. Não me lembro bem quando foi que eu percebi que a minha mão florescia como uma árvore... Mas isso deve ter acontecido naquela bonita época em que o florescer e o murchar das árvores não me falavam de vida e morte, mas do fim e do começo do ano letivo! Esta árvore se azulava então, ela era azul-celeste e esbelta, e o sangue, do qual se pensava que não era um líquido, mas uma luz, erguia-se sobre ela qual aurora, e dava a toda a paisagem do metacarpo um ar de aquarela japonesa...
"Passaram-se os anos, fui me transformando, e a árvore também.
"Lembro-me de uma época magnífica: a árvore se desenvolveu. Eu experimentava momentos de orgulho, vendo

o seu florescer invencível. Ela se tornou parda e nodosa — e nisso também havia força! Eu poderia chamar-lhe a rede vigorosa da mão. E agora, meus amigos! Como está decrépita e corroída!

"Tenho a impressão de que há galhos quebrando, de que apareceram vazios... É a esclerose, meus amigos! E o fato de se tornar vidrada a pele, e sob ela se liquefazer o tecido, não será um pousar de nevoeiro sobre a árvore da minha vida, desse nevoeiro que em breve me envolverá todo?"

Os Bábitchev eram três irmãos. Ivan era o segundo. O mais velho chamava-se Roman. Membro de uma organização de combate, foi executado devido à sua participação num ato terrorista.

O irmão mais novo, Andriéi, vivera emigrado. "Isso te agrada, Andriéi?", escreveu-lhe Ivan, para Paris. "Temos agora um mártir na família! Como a vovó ficaria contente!" Ao que o irmão Andriéi respondeu, lacônico e com a grosseria que lhe era peculiar: "Você é simplesmente um canalha". E assim se definiram as divergências entre os irmãos.

Desde criança, Ivan deixava espantados a família e os conhecidos.

Aos doze anos, fez em família uma demonstração com um dispostivo de aspecto estranho, algo semelhante a um abajur com franja de guizos, e procurou convencer a todos que, com o auxílio desse dispositivo, podia suscitar, a pedido, qualquer sonho em qualquer pessoa.

— Está bem — disse o pai, diretor de ginásio e latinista. — Acredito em você. Quero ver um sonho da História romana.

— O quê, precisamente? — perguntou com ar prático o menino.

— Qualquer coisa. A batalha de Farsália. Mas se não der resultado, vou te dar uma surra.

Tarde da noite, um som maravilhoso correu pelos quartos, aparecendo e sumindo. O diretor de ginásio jazia em seu escritório, reto de raiva e regular, como num caixão. A mãe flutuava junto à porta biliosamente fechada. O pequeno Vânia[18] sorria bonachão e passeava ao longo do divã, agitando o seu abajur, como um dançarino da corda bamba agita a sombrinha chinesa. De manhã, o pai voou, sem se vestir, em três saltos, do escritório para o quarto das crianças e retirou da cama o gordo, bondoso, sonolento e vadio Vânia. O dia ainda não amanhecera de todo, talvez alguma coisa ainda acontecesse, mas o diretor estraçalhou as cortininhas, saudando falsamente a manhã. A mãe quis estorvar a sova, ela interpunha os braços e gritava:

— Não batas nele, Piétienka,[19] não lhe batas... Ele se enganou... Palavra de honra... Grande coisa, se você não sonhou o que queria... O som foi parar do outro lado. Você sabe como o nosso apartamento é... úmido. Mas eu, eu vi a batalha de Farsália! Sonhei com a batalha, Piétienka!

— Não mintas — disse o diretor. — Conta os pormenores. Em que se distinguia o fardamento dos flecheiros das Baleares dos trajes dos atiradores de funda númidas?... Vai dizer-nos, não?

Esperou um pouco, a mãe rompeu em soluços, e o pequeno experimentador levou a surra. Ele se comportou como Galileu. Na noite do mesmo dia, a arrumadeira comunicou à patroa que não se casaria com um tal Dobrodiéiev, que pedira a sua mão.

— Ele não para de mentir, não se pode acreditar nele — explicou a empregada. — Vi cavalos a noite toda. Uns cavalos de assustar, sempre galopando, e como que de máscaras. E o cavalo, como sabem, quer dizer mentira.

---

[18] Diminutivo de Ivan. (N. do T.)

[19] Diminutivo de Piotr (Pedro). (N. do T.)

Tendo perdido o controle do maxilar inferior, a mãe foi como uma lunática até a porta do escritório. A cozinheira petrificou-se junto ao fogão, sentindo que também perdia o controle do maxilar inferior.

A mulher tocou o ombro do marido. Ele estava à mesa, pregando na cigarreira o monograma que dela caíra.

E a mãe balbuciou:

— Pietrucha,[20] interroga a Fróssia...[21] Parece que ela sonhou com a batalha de Farsália...

Não se sabe como o diretor reagiu àquele sonho da arrumadeira. Quanto a Ivan, sabe-se que, passados um mês ou dois do incidente com os sonhos artificiais, ele já estava falando da sua nova invenção.

Dizia ter inventado uma composição saponácea e um canudo especial, por meio dos quais se podia soltar um bolha de sabão espantosa. Essa bolha cresceria durante o voo, atingindo sucessivamente as dimensões de um globo de Natal, de uma bola, de uma esfera de enfeite em jardim, e mais, mais, até o tamanho de um aeróstato, e então ela estouraria, vertendo sobre a cidade uma chuva dourada e breve.

O pai estava na cozinha. (Ele pertencia à sombria raça dos pais que se orgulham do conhecimento de uns poucos segredos culinários, e que julgam seu privilégio exclusivo a determinação, digamos, da quantidade de folhas de louro necessárias para o preparo de alguma sopa hereditariamente afamada, ou, por exemplo, a observação do tempo de permanência na panela, de ovos que se destinam a alcançar a condição ideal dos assim chamados ovos *pochés*.)

No quintalzinho, perto da janela da cozinha, bem junto ao muro, o pequeno Ivan entregava-se a devaneios. O pai

---

[20] Outro diminutivo de Piotr. (N. do T.)
[21] Diminutivo de Iefrossínia. (N. do T.)

ficou à escuta com a orelha amarela, e espiou para fora. Os meninos rodearam Ivan. E ele se pôs a mentir sobre a bolha de sabão. Ela será grande como um balão aéreo.

Mais uma vez, a bílis agitou-se dentro do diretor. Roman, o filho mais velho, deixara a família um ano atrás. E o pai aliviava-se nos mais novos. Deus castigara-o com aqueles filhos. Afastou-se da janela, até sorrindo de raiva. Ao jantar, ficou esperando as palavras de Ivan, mas este nem tugiu. "Parece que ele me despreza, me julga um bobo" — fervia o diretor. Mas quando o dia já ia no fim, quando Bábitchev pai tomava o seu chá no terraço, surgiu alhures muito longe um grande balão laranja, que se colocou sobre a parte mais afastada do seu campo visual, a parte vítrea, deliquescente, que brilhava miúda e amarela aos raios do poente. O balão flutuava devagar, atravessando aquele campo segundo uma oblíqua.

O diretor esgueirou-se para o quarto e, no mesmo instante, através da porta entreaberta, viu no quarto vizinho Ivan sentado no parapeito da janela. Todo concentrado, o ginasiano batia palmas ruidosamente.

— Naquele dia, recebi plena satisfação — lembrava Ivan Pietróvitch. — Meu pai assustou-se. Por muito tempo depois, fiquei procurando o seu olhar, mas ele escondia os olhos. E eu tive pena dele. Enegreceu, pensei que fosse morrer. E generosamente, deixei cair o meu manto. Meu pai era um homem seco, mesquinho, mas pouco atento às coisas. Ele não sabia que, naquele dia, voara sobre a cidade o aeronauta Ernesto Vitollo. O fato era anunciado em belos cartazes. Confessei a minha trapaça involuntária. Devo dizer a vocês que as minhas experiências com as bolhas de sabão não alcançaram os resultados que eu sonhara.

(Os fatos dizem-nos que, no tempo em que Ivan Bábitchev era um ginasiano de doze anos, a navegação aérea ain-

da não alcançara grande desenvolvimento, sendo pouco provável que se organizassem voos sobre a cidade provinciana. Mas ainda que isto seja uma invenção, que importa! A invenção é a amada da razão.)
Os amigos ouviam deliciados as improvisações de Ivan Bábitchev.

— Parece-me que, na noite que se seguiu àquele dia entristecedor, papai viu em sonho a batalha de Farsália. De manhã, não foi ao ginásio. Mamãe levou-lhe ao escritório vinho Borjom. Com toda a probabilidade, ele estava abalado com os pormenores da batalha. Talvez não pudesse conformar-se com o achincalhe da História, em que o sonho se comprazera... É possível que tenha sonhado que a sorte da batalha fora decidida pelos atiradores de funda das Baleares, vindos em balões aéreos...

Foi esta a conclusão que Ivan Bábitchev deu à sua novela sobre as bolhas de sabão.

De outra feita, partilhou com os amigos o seguinte caso do tempo da sua adolescência:

— Um estudante de sobrenome Chemiot fazia a corte a uma moça... o pior é que não lembro o sobrenome dela... Com licença... com licença... digamos que a moça, ela batia com os saltos que nem uma cabra, se chamava Lília Kapitanáki. Nós, moleques, sabíamos tudo o que acontecia no prédio. O estudante enlanguescia sob a sacada de Lília, pronto a chamar aquela moça das profundezas douradas da porta da sacada, e temeroso de fazê-lo, aquela moça que já deveria ter feito dezesseis anos, e que nos parecia uma velha.

"Azul o boné do estudante, rubras as faces. Ele chegava de bicicleta. E foi indescritível a sua angústia, quando, num domingo de maio, um desses domingos que existiram em número não superior a dez, segundo os registros da ciência meteorológica, quando o ventinho era tão simpático e carinhoso que dava vontade de amarrar-lhe uma fitinha azul-

-clara, o estudante, correndo para a sacada, viu debruçada sobre a balaustrada a tia de Lília, em flor e colorida como as capas que se põem sobre as poltronas numa sala de visitas de província, toda preguinhas, rosquinhas e meias-luas, e com um penteado que fazia pensar num caracol. A tia alegrou-se evidentemente com o aparecimento do estudante Chemiot: ela abriu, pode-se dizer, das alturas os braços para ele e anunciou com uma voz de batata, uma voz como que molhada de saliva e repleta da língua, dando a impressão de que ela remastigasse algo quente: 'A Líletchka[22] parte para Kherson. Hoje. Às sete e quarenta. Para muito tempo. O verão todo. Parte para todo o verão. Mandou-lhe lembranças, Sierguiéi Sierguiéievitch! Lembranças!'.

"Mas, com o faro de homem apaixonado, o estudante compreendeu tudo. Ele sabia que, na profundez dourada do quarto, Líletchka estava chorando, e que ela via, sem ver, o estudante cuja túnica branca absorvera, segundo as leis da Física, a máxima quantidade de raios, e agora brilhava com uma brancura alpina, deslumbrante, mas a moça não podia arrancar-se dali, pois a tia era todo-poderosa...

"'Dê-me de presente a sua bicicleta, e eu vou vingá-lo' — disse eu ao estudante. 'Eu sei que a Lilka[23] não queria ir para parte alguma. Ela é levada para lá à força. Dê-me a bicicleta.'

"'Mas como é que você vai me vingar?' — perguntou o estudante, com medo de mim. E, alguns dias depois, eu levei com o ar mais inocente para a tia, como se fosse da parte de minha mãe, um remédio contra verrugas. A tia tinha junto ao lábio inferior, numa dobra, uma grande verruga. Essa dama em vias de envelhecer me cobriu de beijos, que me deram a impressão de que alguém atirava em mim, à queima-rou-

---

[22] Diminutivo de Lília. (N. do T.)
[23] Outro diminutivo de Lília. (N. do T.)

pa, de um estilingue novo... O estudante, meus amigos, estava vingado. A verruga da tia cresceu numa flor, numa modesta campânula campestre. Ela estremecia delicadamente com a respiração da tia. A vergonha desabou-lhe sobre a cabeça. Os braços erguidos para o céu, a tia correu pelo quintal, levando a todos o pânico.

"Era dupla a minha alegria. Em primeiro lugar, ficara concluído brilhantemente o meu experimento do cultivo de flores sobre verrugas, e em segundo lugar, o estudante presenteara-me com a bicicleta.

"E naquele tempo, meus amigos, a bicicleta era uma raridade. Então ainda se faziam caricaturas de ciclistas."

— E que fim levou a tia?

— Ó meu amigo! Ela viveu com aquela flor até o outono. Aguardou esperançosa os dias de vento e, quando eles chegaram, ficou andando por vielas nos fundos das casas, dirigindo-se para os campos, sem passar pelas partes movimentadas da cidade... Era presa de sofrimentos morais. Escondia o rosto no xale, a flor fazia-lhe amorosamente cócegas nos lábios, e essas cócegas ressoavam como o murmúrio da mocidade tristemente vivida, como o duende de certo beijo único, que fora quase expulso com um bater de pés... Ela detinha-se sobre uma colina e baixava o xale.

"'Vamos, espalha-o, espalha-o nas quatro direções! Vamos, sopra daí, varre as malditas pétalas' — implorava ela.

"O vento cessava, como que de pirraça. Em compensação, vinha da casa de veraneio mais próxima uma abelha doida, que fazia pontaria sobre a flor, e começava a enredar a pobre mulher em oitos zunidores. A tia largava a correr, em casa ordenava à empregada não deixar entrar ninguém e ficava sentada em frente do espelho, examinando o seu rosto mítico, enfeitado de uma flor, inchado junto aos olhos, devido à aplicação de vinagre, e que se transformava num verdadeiro rizocarpo tropical. Um horror! Mas cortar simplesmen-

te a flor era por demais arriscado: bem ou mal, tratava-se de uma verruga! Podia sobrevir, de repente, uma septicemia!"
Vânia Bábitchev era o homem dos sete instrumentos. Escrevia versos e compunha pecinhas musicais, desenhava muito bem, sabia fazer uma infinidade de coisas, chegou até a inventar uma dança, que se destinava a aproveitar algumas das suas peculiaridades exteriores: a corpulência, a preguiça, pois, a exemplo de muitas pessoas admiráveis, ele era na adolescência um gorducho. A dança chamava-se *A Bilhazinha*. Vendia papagaios de papel, assobios, lanterninhas; os demais meninos invejavam-lhe a habilidade e glória. Recebera no prédio o apelido de Mecânico.

A seguir, Ivan Bábitchev concluiu em Petersburgo o Instituto Politécnico, Seção de Mecânica, justamente no ano em que foi executado o seu irmão Roman. Trabalhou como engenheiro na cidade de Nikoláiev, perto de Odessa, na Fábrica Naval, até o início da Grande Guerra.

Então...

II

Mas ele tinha sido mesmo engenheiro?
No ano em que o *Vinte e cinco* estava em construção, Ivan tinha uma ocupação pouco digna, e, para um engenheiro, simplesmente vergonhosa.
Imaginem, ele desenhava nas cervejarias retratos dos fregueses, improvisava versos sobre temas propostos, determinava a personalidade pelos traços da mão e exibia a força da sua memória, repetindo quinhentas palavras, lidas para ele sem interrupção.
Às vezes, tirava de cima do peito um baralho, assumia no mesmo instante um ar de trapaceiro, e fazia mágicas.
Serviam-lhe bebidas. Ele se sentava à mesa, e então começava o principal: Ivan Bábitchev pregava.
Do que falava?
— Nós somos a Humanidade chegada ao limite derradeiro — dizia, batendo com a caneca no mármore como se fosse um casco de cavalo. — Dirijo-me a vocês, homens fortes, que decidiram viver à sua maneira, egoístas, teimosos, dirijo-me a vocês como aos mais inteligentes, à minha vanguarda! Ouçam, vocês que estão aí na frente! Uma época chega ao fim. A ressaca quebra-se sobre as pedras, a ressaca fervilha, e luz a espuma. E o que querem vocês? O quê? Desaparecer, reduzir-se a nada, por meio das gotinhas, do fervilhar miúdo da água? Não, amigos meus, não é assim que vocês devem perecer! Não! Venham a mim e os instruirei.

Os que o ouviam manifestavam-lhe certo respeito, mas prestavam pouca atenção às palavras; todavia, apoiavam-no com exclamações "é isso mesmo!" e às vezes com aplausos. Desaparecia de repente, depois de repetir por despedida sempre a mesma quadra:

> *Não sou um charlatão germânico,*
> *Não sou um mestre em enganar!*
> *Sou um prestidigitador soviético,*
> *Moderno, pronto a enfeitiçar!*

Dizia também:
— Fecham-se os portões? Estão ouvindo o chiar dos batentes? Não se precipitem. Não procurem passar o umbral! Detenham-se! O ato de deter-se constitui orgulho. Sejam orgulhosos. Sou o chefe de vocês, o rei dos tipos vulgares. Tem um lugar aqui, ao meu lado, aquele que canta, chora e lambuza o nariz na mesa, quando a cerveja já está bebida e não dão mais. Venham vocês, pesados de aflição, trazidos pela cantiga. Aquele que mata por ciúme ou você que prepara o laço para si mesmo, chamo a ambos, filhos do século que perece: venham, vulgares e sonhadores, pais de família, que depositam toda a esperança nas filhas, pequenos-burgueses honestos, homens fiéis às tradições, submetidos às normas da honra, do dever, do amor, que temem o sangue e a desordem, meus queridos soldados e generais, vamos à guerra! Para onde? Eu os conduzirei.

Gostava de comer lagostins. Lagostins em penca passavam sob as suas mãos. Era pouco asseado. A sua camisa, que parecia um guardanapo de taverna, estava sempre aberta no peito. Acontecia-lhe até vir com camisa de punhos, mas estes sempre sujos. Se é possível aliar a falta de asseio a uma tendência para a elegância no trajar, ele conseguia plenamente essa aliança. Por exemplo: o chapéu-coco. Por exemplo: a flor na botoeira (que ali permaneceu quase até se transformar em fruto). E finalmente, por exemplo: a franja nas calças e os rabichos que sobravam de alguns botões do terno.

— Sou um devorador de lagostins. Vejam: não os como, eu os destruo como um sacerdote. Estão vendo? Belos lagostins. Vêm envolvidos em ervas aquáticas. Ah, não são ervas aquáticas? Simples verdura, dizem vocês? Mas não dá no mesmo? Suponhamos que são ervas aquáticas. Podemos, pois, comparar o lagostim a um navio erguido do fundo do mar. Belos lagostins. Do rio Kama.

Lambia o punho cerrado e, espiando para dentro da manga, retirava dali um fragmento de lagostim.

Mas foi ele um dia engenheiro? Não será tudo mentira? Como não combinava com a sua pessoa a ideia de um espírito de engenheiro, do trato com as máquinas, com os metais, com os projetos de construção! Era mais fácil supor nele um ator ou um ex-frade. Ele mesmo compreendia que os ouvintes não acreditavam. Ele mesmo falava com um certo jogo no canto do olho.

O pregador gorducho aparecia ora numa cervejaria, ora em outra. Uma noite, chegou a tal ponto que se permitiu subir numa mesa... Desajeitado e de modo nenhum preparado para tais truques, foi se arrastando sobre as cabeças, agarrando-se em folhas de palmeira; quebravam-se garrafas, a palmeira caía; depois se firmou na mesa e, balançando duas canecas vazias, como se fossem pesos, pôs-se a gritar:

— Eis-me agora parado nas alturas, vendo o exército dos que se arrastam para baixo! A mim! A mim! Minha grande tropa! Atorezinhos que sonham com a glória. Amantes infelizes! Solteironas! Contadores! Ambiciosos! Imbecis! Paladinos! Covardes! A mim! Chegou o rei de vocês, Ivan Bábitchev! Ainda não soou a hora, mas logo, logo, avançaremos... Desçam mais, minhas tropas!

Jogou fora a caneca e arrancou das mãos de alguém uma

sanfona e distendeu-a sobre a pança. O gemido que obteve do instrumento suscitou uma tempestade; guardanapos de papel voaram para o teto...

Homens de avental e de punhos de linóleo acorreram de trás do balcão.

— Cerveja! Cerveja! Sirvam-nos mais cerveja! Sirvam-nos um barril de cerveja! Temos que brindar os grandes acontecimentos!

Mas não lhes deram mais cerveja, o bando todo foi empurrado para a treva, e o pregador Ivan impelido atrás deles — o menor de todos, um homem pesado, difícil de empurrar para fora. A teimosia e a ira fizeram com que adquirisse de repente o peso e a imobilidade mortal de um barril de ferro, cheio de petróleo.

Enfiaram-lhe na cabeça, vergonhosamente, o chapéu-coco.

Caminhou pela rua, balançando-se para todos os lados, como que impelido de mão em mão, e, lastimoso, não se percebia bem se cantava ou se uivava, perturbando os transeuntes.

— Ofélia! — cantava ele. — Ofélia! — esta única palavra; ela corria por cima do seu caminho, parecia voar sobre as ruas, desemaranhando-se rapidamente, qual um oito brilhante.

Naquela noite, visitou o seu célebre irmão. Eram duas as pessoas à mesa. Frente a frente. No meio, um abajur verde. O irmão Andriéi e Volódia. Volódia dormia, a cabeça deitada sobre o livro. Bêbado, Ivan dirigiu-se para o divã. Debateu-se por muito tempo, tentando puxar o divã para debaixo de si, como se puxa uma cadeira.

— Você está bêbado, Vânia — disse-lhe o irmão.

— Eu te odeio — respondeu Ivan. — És um ídolo.

— Como é que não tem vergonha, Vânia?! Deite-se e durma. Vou dar a você um travesseiro. Tire o chapéu.

— Tu não me acreditas nem uma palavra. És burro, Andriéi! Não me interrompas. Senão, vou quebrar o abajur na cabeça de Volódia. Fica quieto. Por que não acreditas na existência de "Ofélia"? Por que não crês que eu inventei um aparelho extraordinário?

— Você não inventou nada, Vânia! É uma ideia fixa. Faz umas brincadeiras de mau gosto. Como é que não tem vergonha, hein? Toma-me por um tolo. De que máquina se trata? E pode existir tal máquina? E por que "Ofélia"? E por que você usa chapéu-coco? Você é algum vendedor de roupa usada ou um embaixador?

Ivan calou-se um pouco. Depois, a bebedeira passou-lhe como que num átimo, e ele avançou para o irmão, os punhos cerrados.

— Não acredita? Não acredita? Levante-se, Andriéi, quando fala com você o comandante de um exército de muitos milhões. Você se atreve a não acreditar em mim? Você diz que essa máquina não existe? Eu lhe prometo, Andriéi: essa máquina o destruirá.

— Pare com essa algazarra — respondeu o irmão —, você acordará Volódia.

— Pouco me importo com o seu Volódia. Eu sei, eu sei os planos que você tem. Quer casar a minha filha com este Volódia. Você quer criar uma nova raça. Mas a minha filha não é uma incubadeira. Você não a receberá. Não a entregarei a Volódia. Vou esganá-la com minhas próprias mãos.

Fez uma pausa e, sempre com um repuxar no canto do olho, as mãos enfiadas nos bolsos e a barriga como que levantada com as mãos, disse num tom repassado de acidez:

— Você se engana, irmãozinho! Você joga areia em seus próprios olhos. *Ho-ho*, meu caro. Você pensa que ama o Volódia porque ele é um homem novo? Nerusca, Andriúcha, nerusca... Não é o que pensa, de modo algum... É coisa bem diferente.

— O quê, então? — perguntou Andriéi, ameaçador.

— Simplesmente, você está envelhecendo, Andriúcha! E precisa de um filho. Alimenta sentimentos paternais. A família é eterna, Andriéi! E a simbolização do mundo novo na pessoa de um jovem pouco destacado, conhecido apenas nas lides futebolísticas, não passa de tolice...

Volódia levantou a cabeça.

— Saúdo o Edison do século novo! — exclamou Ivan.

— Urra! — e fez uma saudação vistosa.

Volódia olhava-o quieto. Ivan dava gargalhada.

— Então, Edison? Também você não acredita que exista uma "Ofélia"?

— O senhor, Ivan Pietróvitch, deve ser internado na casa de campo de Kanátchikov — disse Volódia bocejando.

Andriéi emitiu um curto relincho.

Então o pregador jogou ao chão o chapéu-coco.

— Cachorros! — gritou. E depois de uma pausa: — Andriéi! Você permite isso? Por que deixa que o filho adotivo ofenda o seu irmão?

Nesse momento, Ivan não viu os olhos do irmão, mas apenas o brilho dos vidros.

— Ivan — disse Andriéi. — Peço-lhe não vir nunca a minha casa. Você não é louco. Você é um animal.

Inveja

III

Começaram os comentários sobre o novo pregador. O boato saiu das cervejarias, passou aos apartamentos, arrastou-se pelas escadas de serviço para as cozinhas coletivas; na hora das abluções matinais, de esquentar o fogareiro, as pessoas que vigiavam o leite, pronto a transbordar, e outras que iam dançando sob as torneiras, davam com a língua nos dentes.

O boato penetrou nas repartições, nas casas de repouso, nas feiras.

Compôs-se todo um relato de como um cidadão desconhecido (de chapéu-coco — precisavam-se os pormenores —, um homem gasto, um suspeito, e que só podia ser Ivan Bábitchev) apareceu em casa de um caixa, na Iakímanka, e surgindo diante de todos, no mais aceso de um banquete, exigiu atenção ao seu discurso: uma alocução aos nubentes. Ele disse:

— Vocês não devem amar-se. Não devem unir-se. Noivo, abandone a noiva! Que resultados lhes trará o amor? Vocês vão dar ao mundo o seu próprio inimigo. E ele os devorará.

O noivo quis brigar. A noiva caiu ao chão. O visitante saiu, muito ofendido, e no mesmo instante, contava-se, verificou-se que o vinho do Porto, em todas as garrafas sobre a mesa, se transformara em água.

Inventara-se também uma outra história surpreendente.

Dizia-se que um automóvel percorrera um lugar muito movimentado (uns referiam-se a Nieglini, junto à ponte Kuzniétzki, outros à Tvierskaia, perto do Mosteiro Strástni) e que nesse automóvel ia um cidadão de boa aparência, corpulento, de faces vermelhas e com uma pasta de couro nos joelhos. E então, dizia-se também, saíra correndo da multidão sobre a calçada o seu irmão Ivan, aquele mesmo, o homem famoso. Vendo o irmão que corria de automóvel, interpôs-se no caminho do carro e abriu em cruz os braços, na posição em que fica um espantalho de horta ou em que se costuma deter, assustando-o, um cavalo em disparada. O chofer conseguiu diminuir a marcha. Fez sinais, continuando a avançar devagar, mas o espantalho não saía do caminho.

— Espere! — exclamou o homem a plenos pulmões. — Espere, comissário! Espere, raptor de filhos alheios!

Ao chofer não restava mais nada a fazer senão brecar o carro. Deteve-se a torrente do movimento. Muitos carros quase empinaram, chocando-se com o que vinha na frente, e um ônibus rugiu e deteve-se, todo inquieto, pronto a submeter-se, a erguer os seus pneumáticos de elefante, e recuar...

Os braços abertos daquele que parara no meio da rua exigiam silêncio.

E tudo se calou.

— Irmão — disse o homem. — Por que você anda de carro, enquanto eu vou a pé? Abra a porta e afaste-se, deixe-me entrar. Igualmente para mim, não fica bem andar a pé. Você é um chefe, mas eu sou chefe também.

E realmente, ditas estas palavras, de todas as partes acorreu gente para perto dele, alguns saltaram do ônibus, outros saíram de cervejarias da vizinhança, terceiros vieram correndo do bulevar, e aquele que estava sentado no automóvel, o irmão, ergueu-se, enorme, e viu diante de si uma barricada viva.

Tinha um ar tão ameaçador: dava a impressão de que no mesmo instante caminharia por cima do carro, das costas do chofer, indo contra eles, contra a barricada, como um poste destruidor, erguido em toda a altura da rua...

E Ivan foi como que levantado nos braços: erguido sobre a multidão dos seus adeptos, balançava-se, caía, livrava-se aos safanões; o chapéu-coco descera-lhe sobre a nuca, descobrindo uma testa grande, clara, uma testa de homem cansado.

O irmão Andriéi tirou-o daquelas alturas, agarrando-o pelos canos das calças. E foi também assim que o jogou para um policial.

— Para a GPU![24] — disse ele.

Apenas foi proferida esta palavra mágica e tudo palpitou, saindo da letargia: faiscaram agulhas de tricô, rodas giraram, portas bateram, e todas as ações iniciadas antes do sono letárgico tiveram ulterior desenvolvimento.

Ivan esteve dez dias preso.

Quando lhe devolveram a liberdade, os seus companheiros de bebedeira perguntaram-lhe se era verdade que fora preso pelo irmão, em tão estranhas circunstâncias. Ele deu gargalhada.

— É mentira. Uma lenda. Fui simplesmente detido numa cervejaria. Suponho que estava sendo seguido desde muito tempo. Mas é bom que já se inventem lendas. Um período de transição, o fim de uma época, exige os seus contos e lendas. Ora, sou feliz porque vou ser herói de um desses contos. E haverá mais uma lenda: sobre a máquina que tinha o nome de Ofélia... A nossa época morrerá com o meu nome nos lábios. É a isto que eu aplico os meus esforços.

---

[24] Sigla de *Gossudárstvennoe Politítcheskoe Upravlênie* (Diretório Político do Estado), a rigor, a polícia política. (N. da E.)

Soltaram-no, mas ameaçaram-no com o desterro.
O que podiam incriminar-lhe na GPU?
— O senhor se chamou de rei? — perguntou-lhe o inquiridor.
— Sim... o rei dos homens vulgares.
— O que significa isto?
— Sabe? Eu abro os olhos a uma numerosa categoria de pessoas...
— Mas abre-lhes os olhos para o quê?
— Eles devem compreender que estão condenados.
— O senhor disse: uma numerosa categoria de pessoas. Quem o senhor enquadra nessa categoria?
— Todos aqueles que o senhor chama de decaídos. Os que revelam um ânimo decadente. Se me dá licença, vou explicar mais em detalhe.
— Ficarei agradecido.
— ... toda uma série de sentimentos humanos parece-me destinada à extirpação...
— Por exemplo, os sentimentos...
— ... de compaixão, ternura, orgulho, ciúme, amor, em suma quase todos os sentimentos em que consistia a alma do homem da época que perece. A época do socialismo criará, em substituição aos sentimentos anteriores, uma nova série de estados da alma humana.
— Bem.
— Estou vendo que o senhor não me compreende. Um comunista picado pela serpente do ciúme passa a sofrer perseguição. E sofre-a também o comunista compassivo. O ranúnculo da compaixão, o lagarto da vaidade, a serpente do ciúme, esta flora e fauna devem ser expulsas do coração do homem novo.
... desculpe-me, eu falo um tanto enfeitado, talvez lhe pareça alambicado até? Não é difícil para o senhor? Obrigado. Água? Não, eu não quero água... Gosto de falar bonito...

... nós sabemos que o túmulo do jovem comunista que se suicidou é enfeitado de coroas entremeadas de maldições dos companheiros. O homem do mundo novo diz: o suicídio é um ato decadente. E o homem do mundo velho dizia: ele tinha de suicidar-se, para salvar a sua honra. Deste modo, nós vemos que o homem novo se acostuma a desprezar os sentimentos antigos, celebrados pelos poetas e pela própria musa da história. Era o que eu tinha a dizer. Quero organizar um último desfile desses sentimentos.

— E isso constitui o que o senhor chama de conspiração dos sentimentos?

— Sim. É esta a conspiração dos sentimentos, que eu encabeço.

— Continue.

— Sim. Eu gostaria de unir em torno de mim um grupo... O senhor me compreende?

... veja bem, pode-se admitir que os sentimentos antigos eram belos. Exemplos de um grande amor, digamos, à mulher ou à pátria. E quanta coisa mais! Convenhamos que algumas dessas lembranças perturbam até hoje. Não é verdade? Pois eu gostaria...

... sabe, às vezes acontece que uma lâmpada elétrica de repente se apaga. Está queimada, diz o senhor. Mas se nós sacudimos essa lâmpada queimada, ela se acende de novo e poderá iluminar ainda algum tempo. Dentro da lâmpada, ocorre um choque. Os fios de volfrâmio se rompem, e com o contato dos fragmentos, a lâmpada torna a viver. Uma vida curta, antinatural, inequivocamente condenada, constitui uma febre, um aquecimento demasiado do fio, um brilho forte. Seguir-se-ão as trevas, a vida não tornará, e na treva apenas ressoarão fios mortos, queimados. O senhor me compreende? Mas o brilho fugaz é tão belo!

... eu quero sacudir...

... quero sacudir o coração da época queimada. A lâmpada-coração, para que os fragmentos se toquem...
... e suscitar um lindo brilho momentâneo...
... quero encontrar representantes de lá, daquilo a que vocês chamam o mundo velho. Tenho em mente aqueles sentimentos: o ciúme, o amor à mulher, a ambição. Quero encontrar um indivíduo tão estúpido que eu possa mostrá-lo a vocês: aí está, camaradas, um representante daquela condição humana que se chama estupidez.
... muitos tipos representaram a comédia do mundo velho. Agora cai o pano. Os personagens devem acorrer para o proscênio e cantar as últimas quadras. Quero ser o intermediário entre eles e os espectadores. Dirigirei o coro e serei o último a deixar o palco.
... coube-me a honra de fazer passar, num desfile derradeiro, as antigas paixões humanas...
... a História nos vigia com seu olhar tremeluzente, pelos buracos dos olhos da máscara. E eu quero dizer-lhe: eis um apaixonado, um ambicioso, um traidor, um valente insensato, um amigo fiel, um filho pródigo, ei-los, os portadores dos grandes sentimentos, atualmente reconhecidos como insignificantes e vulgares. Que eles se manifestem, a última vez antes de desaparecer, antes de se entregarem à irrisão, que eles se manifestem em sua tensão mais elevada.
... ouço uma conversa. Fala-se de uma navalha. De um louco que se cortou o pescoço. Aí mesmo borboleteia um nome de mulher. Mas aquele louco não morreu, costuraram-lhe o pescoço, e ele passou mais uma vez a navalha no mesmo lugar. Quem é ele? Mostrem-me esse homem, ele me é necessário, eu o procuro. E a procuro também. Procuro a mulher demoníaca e o trágico amante. Mas onde procurá-lo? No hospital de Sklifossóvski? E onde procurá-la? Quem é ela? Uma empregada de escritório? Uma especuladora da NEP?

... me é muito difícil encontrar os heróis...
... não existem heróis...
... espio pelas janelas alheias, subo escadas alheias. Às vezes, corro aos pulos atrás de um sorriso alheio, como um naturalista corre atrás de uma borboleta! Tenho vontade de gritar: "Detenha-se! O que faz florescer a moita de onde voou a borboleta insegura e imprudente do seu sorriso? A que sentimento pertence essa moita? E a roseira-brava da tristeza ou a groselheira da vaidade mesquinha? Detenha-se! A sua pessoa me é necessária..."
... quero reunir ao redor de mim um grande número. Para ter direito à escolha e escolher os melhores, os mais coloridos dentre eles, formar um grupo de choque... um grupo de sentimentos.
... sim, é uma conspiração, um levante mundial. Uma demonstração pacífica de sentimentos.
... admitamos que eu encontre em alguma parte um ambicioso, puro-sangue, cem por cento. Vou dizer-lhe: "Mostre-se como é! Mostre àqueles que o amesquinham o que é a ambição. Cometa uma ação, depois da qual se possa dizer: 'Oh ignóbil ambição! Oh, que força ela tem!' Ou, digamos, terei a sorte de encontrar um homem idealmente volúvel". E eu lhe pedirei também: "Mostre-se, mostre a força da volubilidade, e que os espectadores juntem as mãos admirados."
... os gênios dos sentimentos apoderam-se das almas. Uma alma é governada pelo gênio do orgulho, outra, pelo gênio da compaixão. Quero extrair esses demônios e soltá-los na arena.

O INQUIRIDOR — E então, já conseguiu encontrar alguém?

IVAN — Durante muito tempo chamei e muito tempo procurei. É bem difícil. É possível que não me estejam compreendendo. Mas um eu encontrei.

O INQUIRIDOR — Quem é precisamente?

IVAN — Interessa-lhe o sentimento de que ele é portador, ou o nome dele?
O INQUIRIDOR — Uma coisa e outra.
IVAN — Nikolai Kavaliérov. Invejoso.

IV

Eles afastaram-se do espelho.
Agora já eram dois os cômicos que iam juntos. O que era mais baixo e mais gordo ia um passo na frente do outro. Era uma peculiaridade de Ivan Bábitchev. Conversando com o companheiro, tinha de virar-se continuamente. Se lhe acontecia proferir uma longa frase (e as suas frases nunca eram curtas), mais de uma vez, caminhando com o rosto voltado para o companheiro, ele se chocava com os transeuntes. Então, no mesmo instante, arrancava da cabeça o chapéu-coco e desfazia-se em desculpas grandiloquentes. Era um homem cortês. Um sorriso afável não lhe saía do rosto.

O dia já fechava o expediente. Um cigano de colete azul, de barba e faces pintadas, carregava no ombro um tacho limpo, de cobre. O dia se afastava no ombro do cigano. O disco do tacho era claro e cego. O cigano caminhava devagar, o tacho balançava-se de leve, e o dia se virava no disco.

Os caminhantes seguiam isto com os olhos.

O disco se pôs, como o sol. Acabou o dia.

Os caminhantes dobraram no mesmo instante para uma cervejaria.

Kavaliérov contou a Ivan como uma pessoa importante tocara-o de sua casa. Não disse o nome. Ivan contou-lhe o mesmo: também ele fora expulso por uma pessoa importante.

— Você certamente o conhece. Todos o conhecem. É o meu irmão, Andriéi Pietróvitch Bábitchev. Ouviu falar?

Kavaliérov corou e baixou os olhos. Não respondeu nada.

— Por conseguinte, os nossos destinos se assemelham, e temos de ser amigos — disse Ivan, radiante. — Quanto ao sobrenome Kavaliérov, ele me agrada: é grandiloquente e de baixo quilate.

Kavaliérov pensou: "Eu mesmo sou grandiloquente e de baixo quilate".

— Excelente cerveja! — exclamou Ivan. — Os polacos dizem: ela tem olhos cor de cerveja. Não é verdade que é bonito?

... Mas o mais importante é que esse homem famoso, o meu irmão, roubou-me a filha...

... Hei de me vingar do meu irmão.

... Roubou-me a filha. Bem, naturalmente, não a roubou no sentido literal... Não arregale assim estes seus olhos, Kavaliérov. E não lhe faria mal também diminuir um pouco esse nariz. Para ser feliz como simples homem da rua, você deve tornar-se, com este seu nariz gordo, famoso como herói. Ele exerceu uma influência moral sobre ela. Mas pode-se processar alguém por isto? Enviar queixa ao promotor, hein? Ela me abandonou. Eu até não acuso tanto Andriéi, como o canalha que mora em sua casa.

Falou então de Volódia.

Kavaliérov ficou tão perturbado que, em ambos os pés, começaram-lhe a mexer-se os dedões.

— ... Esse moleque estragou-me a vida. Oh, se no futebol alguém lhe massacrasse os rins! Andriéi obedece-lhe em tudo. Ele, o tal moleque, é o homem novo! O moleque disse que Vália estava infeliz porque eu, o pai, era um louco, e que eu (o canalha) faço-a sistematicamente perder a razão. Canalha! Ambos se puseram a convencê-la. E Vália fugiu. Não sei que amiga a acolheu.

... Eu amaldiçoei essa amiga. Desejei-lhe que o seu esôfago e o reto trocassem de lugar. Imagina um quadro desses? É um bando de cabeçudos...

... a mulher foi a melhor, a mais bela, a mais pura luz da nossa cultura. Procurei uma criatura do sexo feminino. Uma criatura em que se unissem todas as qualidades femininas. Procurei o germe das qualidades femininas. O feminino foi a glória do século velho. Eu quis brilhar, expondo este feminino. Estamos morrendo, Kavaliérov. Quis carregar a mulher acima da minha cabeça, como um archote. Pensei que a mulher fosse apagar-se com a nossa época. Os milênios apresentam-se como uma fossa de dejetos. Nessa fossa, jazem máquinas, pedaços de ferro, de lata, molas, parafusos... Uma fossa escura, sombria. E luzem ali os produtos da podridão, fungos fosforescentes, mofo. São os nossos sentimentos! É tudo o que ficou dos nossos sentimentos, do florescer da nossa alma. O homem novo chega à beirada da fossa, remexe nela, entra ali, escolhe o que precisa — alguma parte da máquina, alguma porca pequena ainda lhe servirá — e as partes podres ele pisoteará, apagando-as. Sonhei encontrar uma mulher que florescesse nessa fossa com um sentimento antes desconhecido. Com o florescer maravilhoso da samambaia. Para que o homem novo, que veio roubar o nosso ferro, se assustasse, retirasse bruscamente a mão e fechasse os olhos, ofuscado pela luz daquilo que lhe parecera podridão.

... Encontrei tal criatura. Ao meu lado. Vália. Confiei em que Vália haveria de luzir sobre o século moribundo e iluminar-lhe o caminho para o grande cemitério. Mas eu me enganei. Ela voou de mim. Abandonou a cabeceira do século antigo. Eu pensei que a mulher existisse para nós, que o carinho e o amor também fossem unicamente nossos, mas eis que... me enganei. E eis-me vagando, último sonhador sobre a terra, nas beiradas da fossa, qual um morcego ferido...

Kavaliérov pensou: "Vou arrancar-lhes Vália". Queria

contar que fora testemunha do acontecimento no beco em que floria a cerca viva. Mas por alguma razão se conteve.
— Os nossos destinos se parecem — prosseguiu Ivan. — Dê-me a sua mão. Assim. Saúdo-o. Tenho muita satisfação de vê-lo, meu jovem. Choquemos os nossos copos. Então foi expulso, Kavaliérov? Conte-me, conte-me. Aliás, já contou. Foi uma pessoa muito importante que o pôs no olho da rua? Não quer dizer o seu nome? Está bem. Odeia muito esse homem?

Kavaliérov fez um aceno com a cabeça.

— Ah, como compreendo tudo, meu caro! Se compreendi bem, você fez uma canalhice a um homem poderoso. Não me interrompa. Você odiou um homem reconhecido por todos. Naturalmente, parece-lhe que foi o outro quem o ofendeu. Não me interrompa. Beba.

... você está certo de que ele o impede de se revelar, que ele se apoderou do que era seu de direito, que no lugar onde, na sua opinião, você devia dirigir, dirige ele. E você se enraivece...

A orquestra paira em meio à fumaça. O rosto pálido do violinista está deitado sobre o violino.

— O violino se parece com o próprio violinista — diz Ivan. — Esse pequeno violinista de fraque de madeira. Está ouvindo? É a madeira que canta. Está ouvindo a voz da madeira? A madeira canta na orquestra, em diferentes vozes. Mas como eles tocam mal! Meu Deus, como tocam mal!

Voltou-se para os músicos.

— Pensam que têm aí um tambor? Pensam que é o tambor que executa a sua parte? Não, é o deus da música quem esmurra vocês com o punho.

... rói-nos a inveja, meu amigo. Nós invejamos a época vindoura. Se quer saber, é a inveja da velhice. A inveja da geração que envelheceu pela primeira vez. Falemos desse sentimento. Sirvam-nos mais cerveja...

Estavam sentados a uma larga janela. Chovera mais uma vez. Anoitecia. A cidade luzia, como que talhada em carvão Cardiff. Gente espiava pela janela que dava para a Samotieka, apertando o nariz contra o vidro.

— ... sim, a inveja. Aí deve desenrolar-se um drama, um desses dramas grandiosos na ribalta da História, que há muito suscitam o pranto, os êxtases, a comiseração e a ira humanos. Você, mesmo sem o saber, é portador de uma missão histórica. Você é, por assim dizer, um coágulo. Um coágulo de inveja da época que perece. A época que perece inveja aquilo que vai substituí-la.

— Mas o que devo fazer? — perguntou Kavaliérov.

— Meu caro, no caso, é preciso conformar-se... ou armar um escândalo. Ir embora com estrépito. Bata, como se diz, a porta. Aí está o mais importante: parta com estrépito. Para que fique uma cicatriz na carantonha da História: brilhe um instante, diabo que o carregue! De qualquer modo, não o deixarão entrar lá. Não se entregue sem combate... Quero contar-lhe um caso da minha infância...

... Organizara-se um baile. As crianças apresentaram uma peça, e desempenharam uma cena de balé num palco armado especialmente na ampla sala de visitas. E uma menina... Imagina? Uma menina tão característica, de doze anos, de pernas finas e vestidinho curto, toda rósea, toda em cetim, toda rococó, bem compreende, lembrando em seu todo, com os seus laços e babados, a flor boca-de-leão; uma beldade orgulhosa, mimada, que sacudiu os cachinhos — assim era a menina que encabeçava as danças. Era a rainha. Fazia o que queria, todos se extasiavam com ela, tudo partia dela e tudo acorria a ela. Era a melhor nas danças, no canto, nos pulos, na invenção dos jogos. Recebeu os melhores presentes, as melhores balas, flores, laranjas, louvores... Eu tinha treze anos e era ginasiano. Ela me apagara. E no entanto, também eu estava acostumado a provocar entusiasmo, fora também mimado pela veneração alheia. Na minha classe, também eu era líder e recordista. Não me contive. Agarrei aquela garota no corredor e bati nela, rasguei-lhe as fitas, soltei-lhe os cachos ao vento, arranhei-lhe a linda fisionomia. Agarrei-lhe a nuca e bati algumas vezes a sua testa contra uma coluna. Nesse momento, eu amava aquela menina mais que a minha vida, venerava-a e, ao mesmo tempo, odiava-a com todas as minhas forças. Tendo dilacerado os cachos da linda menina, pensei que isto seria cobri-la de vergonha, que eu soltaria ao vento o seu cor-de-rosa, o seu brilho, e pensei corrigir assim o erro que todos cometeram. Mas nada disso aconteceu. Eu é que me cobri de vergonha. Fui expulso. Porém, meu caro, lembraram-se de mim a noite toda; eu lhes estragara o baile; e era lembrado em toda parte onde a menina aparecia... Foi assim que eu conheci pela primeira vez a inveja. É terrível a azia da inveja. Como é penoso invejar! A inveja comprime a garganta com o espasmo e empurra os olhos para fora das órbitas. Quando eu espancava naquele corredor a vítima que surpreendera, as lágrimas escorriam-lhe dos olhos, eu perdia o alento, e assim mesmo fiquei rasgando as suas vestes lindas estremecendo ao tocar o cetim: isto quase me provocou nos dentes e nos lábios um gosto acre de cica. Você sabe o que é cetim, as fibras do cetim, você sabe como, ao tocar o cetim, um calafrio nos percorre a espinha, todo o sistema nervoso, e que caretas isto provoca! Todas as forças se levantaram contra mim, em defesa da garota má. A cica, a peçonha que se escondia nas moitas e nos cestos, escorreu para fora daquilo que parecia tão encantador e inocente na sala de visitas: do seu vestido, do cetim róseo, tão doce de olhar. Não me lembro se deixei sair qualquer interjeição, enquanto procedia à minha vingança. Provavelmente murmurei: "Aí tens a vingança! Não a apagues! Não tires para ti aquilo que pode pertencer-me..."

... Você me ouviu com atenção? Quero estabelecer certa analogia. Refiro-me à luta das épocas. É claro que, a um primeiro olhar, a comparação há de parecer fútil. Mas você me compreende? Falo da inveja.

Os músicos acabaram de tocar um número.

— Bem, graças a Deus — disse Ivan. — Eles se calaram. Veja o violoncelo. Ele brilhava muito menos antes de ser posto em uso. Judiaram dele por muito tempo. Agora está brilhando, como que úmido, um violoncelo retemperado. Deve anotar as minhas opiniões, Kavaliérov. Eu não falo, mas talho as palavras em mármore. Não é verdade?...

... Meu caro, já fomos recordistas, também nós fomos mimados pela veneração alheia, e estamos acostumados a ser os primeiros lá... em nossos domínios... Onde isso?... Lá, em meio à época que empalidece. Oh, como é belo o mundo que se ergue! Oh, como rebrilha a festa em que não nos deixarão entrar! Tudo parte dela, da nova época, tudo corre para ela, há de receber os melhores dons, os maiores entusiasmos. Amo este mundo que avança sobre mim, amo-o mais que a minha vida, venero-o e odeio-o com todas as minhas forças! Sufoco, as lágrimas escorrem-me em torrentes, mas eu quero enfiar as mãos nas vestes dele, dilacerá-las. Não apagues, não tires aquilo que pode pertencer-me...

... Temos de exercer vingança. Você e eu — e somos muitos milhares — temos de exercer vingança. Kavaliérov, nem sempre os inimigos se revelam uns moinhos de vento. Às vezes, aquilo que se gostaria tanto de tomar por um moinho de vento, é o inimigo, o conquistador, que traz a morte e a destruição. O seu inimigo, Kavaliérov, é um inimigo de verdade. Vingue-se dele. Creia-me, iremos embora com fragor. Quebraremos o orgulho do mundo jovem. Também nós não nascemos ontem. Também nós fomos os filhos diletos da História.

... Faça os outros falarem de você, Kavaliérov. As coisas estão definidas: tudo se encaminha para a destruição, tudo está predeterminado, não há saída: você está perdido, meu narigudo! Cada instante multiplicará as humilhações, e cada dia o inimigo florescerá como um jovem mimado. Tudo perece, é claro. Pois bem, enfeite a sua própria perdição, orne-a com fogos de artifício, rasgue as vestes daquele que o está aniquilando, despeça-se de maneira tal que o seu "até logo" ressoe séculos afora.

Acudiu a Kavaliérov: "Ele lê os meus pensamentos".

— Foi ofendido? Foi expulso?

— Fui tremendamente ofendido — disse exaltado Kavaliérov —, fui humilhado por muito tempo.

— Quem o ofendeu? Um dos eleitos da época?

"O seu irmão", quis gritar Kavaliérov, "o mesmo que o ofendeu também." Mas calou-se.

— Você tem sorte. Você não conhece pessoalmente o conquistador. Tem um inimigo concreto. E eu também.

— Mas o que devo fazer?

— Você tem sorte. Pode unir a vingança por si mesmo à vingança pela época, que lhe foi mãe.

— Mas o que devo fazer?

— Mate-o. É honroso deixar atrás de si a lembrança de um assassino do século. Comprima o seu inimigo no umbral de duas épocas. Ele se gaba, ele já está ali, já é o gênio, o cupido que rodopia à porta do novo mundo, e, levantando o nariz, ele não o vê mais; dê-lhe, por despedida, uma chapoletada. Abençoo você. Também eu (Ivan ergueu a caneca), também eu destruirei o meu inimigo. Bebamos, Kavaliérov, à saúde de "Ofélia". É o instrumento da minha vingança.

Kavaliérov chegou a abrir a boca para comunicar-lhe o essencial: temos um inimigo comum, o senhor abençoou-me para o assassínio do seu irmão; mas não disse palavra porque acercara-se da mesa deles um homem, que convidou Ivan a segui-lo imediatamente e sem perguntar nada. Ele ficou preso, conforme já se sabe pelo capítulo precedente.

— Até logo, meu caro — disse Ivan —, sou levado para o Gólgota. Vá ver minha filha (disse o nome do beco, que há muito brilhava na memória de Kavaliérov). Compreenderá então que, se uma criatura dessas pôde trair-nos, só nos resta uma coisa: a vingança.

Tomou o resto da cerveja e caminhou um passo na frente do homem misterioso.

Pelo caminho, foi piscando para os frequentadores da cervejaria, distribuindo sorrisos, espiou para o pavilhão do clarinete, e, já bem junto da porta, declamou, o chapéu-coco na mão estendida:

Não sou um charlatão germânico,
Não sou um mestre em enganar!
Sou um prestidigitador soviético,
Moderno, pronto a enfeitiçar!

V

— Por que ri? Pensa que estou com sono? — perguntou Volódia.

— Mas eu não rio. Estou tossindo.

Tendo alcançado a cadeira, Volódia tornava a adormecer.

O jovem era o primeiro a cansar-se. O outro, o mais velho, Andriéi Bábitchev, era um gigante. Trabalhava o dia todo e ainda metade da noite. Andriéi batia o punho sobre a mesa. O abajur saltava como a tampa de uma chaleira, mas o outro continuava a dormir. O abajur pulava. Andriéi lembrava: James Watt olha a tampa de uma chaleira, que vai pulando por cima do vapor.

A lenda conhecida. O quadro familiar.

James Watt inventou a máquina a vapor.

— E o que inventará você, meu James Watt? Que máquina você está inventando, Volódia? Que novo mistério da natureza desvendará, meu homem novo?

E neste ponto começava a conversa de Andriéi Bábitchev com os seus botões. Deixava o trabalho por um lapso de tempo bem curto e, olhando o rapaz que dormia, pensava:

"Mas quem sabe se Ivan não tem razão? Quem sabe se eu não passo de um pequeno-burguês, e o sentimento de família vive em mim? Será que ele me é caro porque vive comigo desde o seu tempo de criança, e eu simplesmente me acostumei a ele e passei a amá-lo como um filho? Será apenas esta a causa? Será tão simples? E se ele for um parvalhão? Concentrou-se nele a razão da minha vida. Tive sorte. O homem novo ainda tem muita vida pela frente. Eu creio nessa vida. E tive sorte. Eis que ele adormeceu tão perto de mim, o meu belo mundo novo. O mundo novo vive em minha casa. Sou louco por ele. Filho? Um apoio? Alguém que nos cerre as pálpebras? Não é verdade! Não é disso que eu preciso! Não quero morrer numa cama alta, sobre travesseiros. Eu sei: serão as massas e não a minha família quem receberá o meu derradeiro suspiro. Tolice! Eu o mimo como nós mimamos o mundo novo. E ele me é querido como a realização das minhas esperanças. Vou expulsá-lo se me enganar nele, se ele não é o novo, não é alguém completamente diverso de mim, porque eu ainda estou afundado até a barriga no que é velho, e nunca mais hei de me safar disso. Vou enxotá-lo então: não preciso de um filho, não sou pai, nem ele é filho, não constituímos uma família. Sou quem acreditou nele, e o rapaz, aquele que justificou essa fé.

"Não somos uma família, somos a Humanidade.

"O que se tem neste caso? Quererá isto dizer que é preciso destruir o sentimento humano do amor paterno? Por que então ele me ama, ele, o novo? Significará isto que lá, no mundo novo, também há de florescer o amor entre pai e filho? Neste caso me é dado o direito de regozijar-me, e posso amá-lo, ao mesmo tempo, como filho e como homem novo. Ivan, Ivan, a tua conspiração não vale nada. Nem todos os sentimentos hão de morrer. É em vão que te enraiveces, Ivan!"

Há muitos anos, um comissário e um menino corriam numa noite escura, despencando-se nas ravinas, imersos em estrelas até os joelhos, enxotando das sarças as estrelas. O menino salvou o comissário. O comissário era enorme, e o menino um pequerrucho. Quem os visse pensaria: está correndo uma pessoa só (um gigante, que se joga de vez em

quando ao chão), e tomariam o menino pela palma da mão do gigante.
Eles uniram-se para sempre.
O menino viveu em casa do gigante, cresceu, entrou para a Juventude Comunista, ingressou numa escola superior. Nascera num povoado de ferroviários, era filho de operário metalúrgico.
Os colegas gostavam dele, os mais velhos também. Inquietava-o às vezes o fato de que agradava a todos; isto lhe parecia então imerecido, um equívoco. O sentimento mais forte nele era o coleguismo. Como que preocupado com certo equilíbrio e tentando corrigir certa irregularidade cometida pela natureza, na distribuição dos atributos, ele às vezes chegava a recorrer a artimanhas, a fim de apagar de algum modo a impressão que deixava, rebaixá-la, apressava-se a apagar o seu próprio brilho.
Queria premiar os da sua idade que tinham menos sorte, com a sua dedicação, com a capacidade de sacrifício, com as manifestações arrebatadas de amizade, pela busca, em cada um deles, de capacidades e traços de caráter extraordinários. A sua companhia incitava os colegas à emulação.
— Fiquei pensando na razão pela qual os homens se enfurecem ou se ofendem — dissera ele. — Essa gente não tem noção de tempo. Há nisso um desconhecimento da técnica. O próprio tempo é também uma noção técnica. Se todos se tornassem técnicos, desapareceriam a raiva, o amor-próprio e todos os sentimentos mesquinhos. Você sorri? Veja bem: é preciso compreender o tempo, a fim de libertar-se dos sentimentos mesquinhos. Uma ofensa dura, digamos, uma hora ou um ano. Eles dispõem de imaginação por um ano. Mas, para mil anos, falta-lhes força. Eles veem apenas três ou quatro divisões no mostrador, e arrastam-se, acotovelam-se... Vê lá se podem! Não conseguirão abarcar todo o mostrador. E ainda: diga-lhes que há um mostrador e não acreditarão!

— Mas por que falar só dos sentimentos mesquinhos? Também os sentimentos elevados são fugazes. Bem... e a generosidade?
— Ouça o que vou dizer. Na generosidade há uma exatidão por assim dizer... técnica. Não sorria. Sim, sim. Não, realmente... parece que me confundi. Você me encabula. Não, espere! Houve a revolução... e como foi? Naturalmente, muito cruel. Aí está! Mas com que fim ela ficou se enfurecendo? Ela foi generosa, certo? Foi bondosa, mas para o mostrador em conjunto... Certo? É preciso ofender-se não no espaço de duas divisões, mas em todo o círculo do mostrador... Então, não há mais diferença entre a crueldade e a generosidade. Então só existe uma coisa: o tempo. É, como se diz, a lógica férrea da História. E a História e o tempo são o mesmo, são sósias um do outro. Não ria, Andriéi Pietróvitch. Eu digo: a compreensão do tempo deve ser o sentimento principal do homem.

Ele dissera também:
— Eu quebrarei o orgulho do mundo burguês. Eles zombam de nós. Os velhos dizem entre dentes: onde estão os novos engenheiros de vocês, os cirurgiões, os professores, os inventores? Vou reunir um grupo numeroso de companheiros, uns cem ao todo. Formaremos uma aliança. Para quebrar o orgulho do mundo burguês. Você pensa que estou contando vantagem? Você não compreende nada. Não estou me metendo a fogueteiro. Vamos trabalhar como feras. Você verá. Os outros virão prestar-nos homenagem. E Vália também fará parte da aliança.

Acordou.
— Vi um sonho — riu ele —, eu e Valka estávamos no telhado, vendo a lua no telescópio.
— O quê? Hein? Telescópio?
— Eu disse a ela: "Veja, ali embaixo há um 'mar de crises'". E ela me perguntou: "Um mar de crias?"

Na primavera daquele ano, Volódia fora por um curto prazo à cidade de Múrom, a fim de se avistar com o pai. Este trabalhava ali nas usinas de locomotivas. Na noite do terceiro dia após a separação, Andriéi estava indo para casa. O chofer diminuiu a velocidade numa curva, amanhecia, e Andriéi viu um homem deitado sob um muro.

A lembrança do ausente voou para ele a partir daquele que jazia sobre uma grade de esgoto. Essa lembrança obrigou-o a estremecer e inclinar-se para o motorista. "Mas não há nada em comum entre eles" — quase exclamou Andriéi. E realmente, não existia qualquer semelhança entre aquele que jazia ali e o ausente. Apenas ele imaginou vivamente Volódia. Pensou: "E se de repente algo obrigou Volódia a assumir esta mesma posição lastimável?". E então ele simplesmente fez uma tolice e deixou atuar o sentimentalismo. O carro se deteve.

Nikolai Kavaliérov foi erguido, e ouvidas as suas palavras delirantes.

Andriéi levou-o para sua casa, carregou-o para o terceiro andar e deitou-o no divã de Volódia, arrumou para ele a cama e cobriu-o com manta até o pescoço; o outro ficou deitado de bruços, tendo na face o traço em *waffel* da grade. O dono da casa foi dormir num estado de placidez: o divã não estava mais vazio.

Nessa mesma noite, sonhou que um jovem se enforcara sobre um telescópio.

VI

Havia uma cama admirável no quarto de Ánietchka Prokópovitch: era de madeira cara, coberta de verniz cereja-escuro, com espelhos em arco na face interna de ambos os respaldos.

De uma feita, e era um ano perfeitamente pacífico, numa quermesse, ao som de fanfarras, coberto de confete, o marido de Ánietchka subiu ao estrado, apresentou um bilhete de loteria e recebeu do encarregado um recibo que lhe assegurava a posse da admirável cama. Esta foi levada de carroça, sob os assobios dos moleques.

O céu azul refletia-se nos arcos dos espelhos em movimento, como o abrir e o descer vagaroso das pálpebras de uns lindos olhos.

A família foi vivendo, decompondo-se, e a cama atravessou todas essas adversidades.

Kavaliérov habita o canto atrás da cama.

Fora à presença de Ánietchka e dissera:

— Posso pagar por esse canto trinta rublos por mês.

Ánietchka teve um sorriso arrastado e concordou.

Ele não tinha para onde ir. No seu quarto anterior instalara-se firmemente um novo inquilino. Kavaliérov vendera por quatro rublos a sua cama terrível, e ela o abandonara gemendo.

A cama de Ánietchka lembrava um órgão. Ocupava metade do quarto. Os seus cumes dissolviam-se na penumbra do teto.

Kaváliérov pensou:

"Fosse eu uma criança, um filho pequeno de Ánietchka, e quantas construções mágicas, poéticas, não construiria o meu cérebro infantil, entregue ao poderio da visão de um objeto tão extraordinário! Sou agora um adulto, e apanho apenas os contornos gerais e certos pormenores, mas então eu saberia...

"... Sim, então, não me submetendo nem às distâncias, nem às dimensões, nem ao tempo, ao peso, à lei da gravidade, eu me arrastaria nos corredores formados pelo vazio entre os limites do colchão de molas e os bordos da cama; esconder-me-ia atrás das colunas que me parecem agora não maiores que umas provetas; instalaria nas fronteiras da cama catapultas imaginárias a fim de atirar contra inimigos, que perderiam as forças na fuga sobre a superfície fofa, de atoleiro, do cobertor; organizaria sob o espelho em arco recepções a embaixadores, como o rei de um romance recém-lido; partiria em viagens fantásticas pelos entalhes do móvel, cada vez mais alto, sobre as pernas e as nádegas dos cupidos, treparia sobre eles, como se trepa sobre uma estátua de Buda, sem que se consiga abrangê-la com a vista, e me atiraria da curva mais alta, de uma altura estonteante, para o abismo sinistro, o abismo glacial dos travesseiros..."

Ivan Bábitchev conduz Kaváliérov sobre o aterro verde... Dentes-de-leão voam-lhes sob os pés, boiam no ar, o que constitui um reflexo dinâmico do dia tórrido... Bábitchev empalidece com o calor. O seu rosto cheio brilha, o calor parece moldar uma máscara do seu rosto.

— Para cá! — comanda ele.

O arrabalde floresce.

Eles atravessam um terreno baldio e caminham ao longo dos muros; atrás destes, cães pastores fazem tinir as correntes. Kaváliérov assobia, provocando os cães; tudo é possível, no entanto: de repente, algum deles conseguirá romper a corrente e saltar sobre o muro, e por isto uma gotícula de medo dissolve-se no epigástrio de Kavaliérov.

Os caminhantes descem a encosta verde, quase vão parar nos telhados das casinhas vermelhas e nos topos das árvores. Kavaliérov não conhece aquela zona e, mesmo vendo diante de si as torres Kriestóvskie, não consegue orientar-se. Chegam assobios de locomotiva e um trincolejar de vagões.

— Vou mostrar-lhe a minha máquina — disse Ivan, voltando-se para Kavaliérov. — Dê um beliscão em si mesmo... assim... mais uma vez... e mais uma... Não será sonho? Não? Lembre-se: você não estava dormindo. Lembre-se: tudo era simples, caminhamos por um terreno baldio, brilhava uma poça d'água que nunca seca, havia vasos espetados na paliçada; lembre-se, meu amigo, dos admiráveis objetos que se podiam notar pelo caminho, entre o lixo, sob os muros e nas valas; veja, por exemplo, esta folha de livro, abaixe-se e olhe enquanto o vento não a carrega, veja, são ilustrações para o *Tarás Bulba*,[25] está reconhecendo? Provavelmente, jogaram daquela janela o envólucro de qualquer coisa comestível, e a folha veio cair aqui. Mais adiante, o que é isto? O eterno e tradicional sapato dentro da vala? Não vale a pena dirigir para ele a atenção: é uma imagem demasiado acadêmica do abandono! Adiante, uma garrafa... espere, ainda está inteira, mas amanhã será esmagada pela roda de uma telega, e se, pouco depois de nós, mais algum sonhador passar pelo mesmo caminho, receberá um prazer completo com a contemplação do famoso vidro de garrafa, dos famosos cacos, celebrados pelos escritores, graças à sua propriedade de subitamente brilhar em meio ao lixo e ao abandono e criar para os caminhantes solitários toda espécie de miragens... Observe, meu amigo, observe bem... Aí estão botões, arcos de barrica, um trapo de gaze, torres de Babel de dejetos humanos petri-

---

[25] Novela de Nikolai Gógol. (N. do T.)

ficados... Numa palavra, meu amigo, o relevo habitual de um terreno baldio... Lembre-se. Era tudo simples. E eu o conduzia, para mostrar-lhe a minha máquina. Belisque-se. Assim. Quer dizer que não foi um sonho? Ora, está bem. Senão depois — eu sei o que será depois — vai dizer que esteve adoentado, que fazia calor demais, que provavelmente muita coisa lhe apareceu desse jeito, por causa do calor e do cansaço, e assim por diante. Não, meu amigo, eu exijo que você confirme encontrar-se no seu estado mais normal. O que vai ver agora pode perturbá-lo em demasia.

Kavaliérov confirmou:

— Estou agora no meu estado mais normal.

Havia ali uma cerca de tábuas, não muito alta.

— Ela está lá — disse Ivan. — Espere. Vamos sentar-nos um pouco. Aqui, sob este declive. Eu lhe digo: o meu sonho era a máquina das máquinas, uma máquina universal. Eu pensei num instrumento perfeito, esperei concentrar num pequeno aparelho centenas de funções diferentes. Sim, meu amigo. Um problema bonito e nobre. Para isto valia a pena tornar-me um fanático: tive a ideia de domesticar o mastodonte da técnica, torná-lo caseiro, amestrado... Dar ao homem uma alavancazinha simples, familiar, que não o assustasse e se tornasse para ele habitual como uma tranqueta de porta...

— Eu não compreendo nada de mecânica — disse Kavaliérov —, tenho medo de máquinas...

— E eu o consegui. Ouça-me, Kavaliérov. Eu inventei uma máquina assim.

(A cerca atraía, e, no entanto, o mais provável era que não houvesse nenhum segredo atrás das tábuas comuns e cinzentas.)

— Ela pode fazer explodir montanhas. Ela pode voar. Ela ergue pesos. Ela fragmenta o minério. Ela substitui o fogão de cozinha, o carrinho de criança, o canhão de longo alcance... É o próprio gênio da mecânica...

— Por que está sorrindo, Ivan Pietróvitch?
(Ivan tinha saltitante o canto do olho.)
— Estou florindo. Não posso falar dela, sem que o meu coração pule como um ovo em água fervente. Ouça-me. Eu a provi de uma centena de capacidades. Inventei a máquina capaz de fazer tudo. Está compreendendo? Logo verá, mas...
Levantou-se, pôs a mão no ombro de Kavaliérov e disse solene:
— Mas eu proibi a ela que o fizesse. Um belo dia, compreendi que me fora dada a possibilidade extraordinária de vingar a minha época... Eu corrompi a máquina. De propósito. Por pirraça.
Soltou uma gargalhada feliz.
— Não, compreenda, Kavaliérov, que grande satisfação é isto. Provi a criação máxima da técnica, dos mais baixos sentimentos humanos! Desonrei a máquina. Vinguei-me pelo meu século, que me deu o cérebro que está em meu crânio, o cérebro que inventou a máquina espantosa... Deixá-la para quem? Para o novo mundo? Eles nos engolem como se fôssemos comida: puxam para dentro de si o século XIX como uma jiboia come um coelho... Mastigam e digerem. O que serve, absorvem, e o que faz mal, eliminam... Jogam fora os nossos sentimentos, e absorvem a nossa técnica! Eu vingo os nossos sentimentos. Eles não receberão a minha máquina, não me utilizarão, não absorverão o meu cérebro... A minha máquina poderia fazer desde os primeiros dias a felicidade do século novo, levar as técnicas ao florescimento. Mas aí está: eles não a terão! A minha máquina é uma figa deslumbrante,[26] que o século moribundo mostrará ao século nascente. Eles terão água na boca, quando a virem... A máquina — pense só — o ídolo deles, a máquina... e de repente...

[26] Na Rússia, um gesto ofensivo. (N. do T.)

E de repente a melhor das máquinas se revela mentirosa, vulgar, uma canalha sentimental! Vamos... vou mostrar-lhe... Ela, que sabe fazer tudo, canta agora as nossas romanças, as estúpidas romanças do século velho, e colhe as flores do pregresso. Ela se apaixona, se enciúma, chora, vê sonhos... Eu o fiz. Eu zombei da divindade desses homens futuros, zombei da máquina. E dei-lhe um nome de moça que ficou louca de amor e desespero... O nome de Ofélia... O mais humano, o mais comovente...

Ivan arrastou Kavaliérov atrás de si.

Ivan colou-se a uma fenda, expondo para Kavaliérov o traseiro luzente de cobre: sem tirar nem pôr, dois pesos de venda. Talvez realmente atuassem então o calor, o vazio inusual e provinciano, a novidade da paisagem, inesperada em Moscou, talvez o cansaço realmente se fizesse sentir, mas, ficando a sós na solidão e distância dos ruídos urbanos e legitimados, Kavaliérov se entregou a certa miragem, a certa alucinação auditiva. Pareceu-lhe ouvir a voz de Ivan, conversando com alguém, através de uma fenda. Em seguida, Ivan recuou. E o mesmo fez Kavaliérov, embora estivesse a uma distância considerável do outro: foi como se o susto se estivesse escondendo alhures, entre as árvores em frente, e mantivesse a ambos presos por um fio, que então tivesse puxado.

— Quem está assobiando? — gritou Kavaliérov, a voz tilintando de medo.

Um assobio penetrante passou sobre a vizinhança. Kavaliérov voltou-se por um instante, escondendo o rosto nas palmas das mãos, como se faz quando há corrente de ar. Ivan corria da cerca para Kavaliérov, como que semeando os passinhos, e o assobio voava atrás deles, como se Ivan não corresse, mas deslizasse, espetado num raio deslumbrante de assobio.

— Tenho medo dela! Tenho medo dela! — ouviu Kavaliérov o murmúrio sufocado de Ivan.

Agarrando-se pelas mãos, correram para baixo, seguidos das maldições de um vagabundo que eles incomodaram, e que, a princípio, vendo-o de cima, tinham tomado por um arreio velho, jogado fora...

O vagabundo, que fora apanhado pela cintura e arrancado assim do seu sono, estava sentado sobre um montículo, remexendo o capim, à procura de uma pedra. Eles sumiram-se na ruela.

— Tenho medo — dizia depressa Ivan. — Ela me odeia... Ela me traiu... Ela me matará...

Kavaliérov, que voltara a si, envergonhou-se do seu gesto pusilânime. Lembrou-se: ainda no momento em que vira Ivan, que largara a correr, algo se antepusera à sua vista, e que ele, de assustado, não chegara a fixar.

— Ouça — disse ele —, que tolice! Foi apenas um menino que assobiou com dois dedos na boca. Eu vi. O menino apareceu sobre a cerca e assobiou... Foi sim, um menino...

— Mas eu lhe disse — sorriu Ivan — que você procuraria toda espécie de explicações. Bem que eu lhe pedi: belisque-se o mais forte possível.

Brigaram. Ivan dobrou para uma cervejaria, que eles tinham alcançado a custo. Ele não convidara Kavaliérov. Este se arrastou pela rua, sem conhecer o caminho e procurando seguir com o ouvido o tilintar dos bondes. Mas, chegando à primeira esquina, bateu o pé e dobrou para a mesma cervejaria. Ivan recebeu-o com um sorriso, a palma da mão indicando uma cadeira.

— Diga-me — implorou Kavaliérov —, responda-me: para que me atormenta? Por que nos engana? Bem que não existe máquina nenhuma! Não pode existir uma máquina dessas! É mentira e delírio! Por que nos mente?

Esgotado, Kavaliérov deixou-se cair na cadeira.

— Escute, Kavaliérov. Mande trazer cerveja para você, e eu vou contar-lhe uma história.

História do encontro de dois irmãos

... Uma floresta rodeava o esqueleto delicado e crescente do *Vinte e cinco*. Uma floresta como outra qualquer: vigas, galerias, escadas, caminhos, passagens, alpendres; mas a multidão que se aglomerara ao pé consistia em diferentes caracteres e olhos variados. Os homens sorriam de maneira multiforme. Alguns estavam inclinados à simplicidade e diziam: "a construção está no seguro". Alguém observou:

— As instalações de madeira não devem crescer muito alto. A vista não aprecia tábuas a grande altura. Os andaimes diminuem a grandiosidade de uma construção. O mastro mais alto parece facilmente vulnerável. Apesar de tudo, um gigante de madeira como este é muito frágil. Logo vem a ideia de incêndio.

Um outro exclamou:

— Mas, por outro lado, veja! Os varões se distenderam como cordas. É uma verdadeira guitarra!

Ao que o primeiro replicou:

— Aí está, bem que eu falei da fragilidade da madeira. O destino dela é servir à música.

Intrometeu-se então uma voz zombeteira:

— E o metal? Eu, por exemplo, só aceito os instrumentos de sopro.

Um ginasiano reconheceu na disposição das tábuas uma aritmética que ninguém notara, mas não chegou a determinar a que se referiam os sinais de multiplicar e aonde levavam os signos de igualdade: a semelhança desapareceu incontinenti, ela era instável.

"O sítio de Troia", pensou o poeta. "As torres de assédio."

E a comparação ficou reforçada com o aparecimento dos

músicos. Cobrindo-se com as trompas, eles treparam para uma trincheira de lenho, ao pé da construção.

Era escura a noite, brancas e esféricas as lanternas, avermelhavam-se extraordinariamente as lonas, os vazios sob as rampas de madeira eram mortalmente negros. As lanternas balançavam, fazendo tinir os arames. A sombra como que sacudia as sobrancelhas. Mosquitos voavam e morriam em torno das lanternas. De longe, obrigando a piscar as janelas encontradas no caminho, voavam os contornos das casas vizinhas, arrancados pelas lanternas, e jogavam-se sobre a construção, e então (até sossegar a lanterna balançada pelo vento) as madeiras reviviam num tumulto, tudo se punha em movimento, e a construção avançava sobre a multidão, qual um navio de muitos pavimentos.

Andriéi Bábitchev passou sobre as madeiras, indo até o pé da construção. Ali uma tribuna estava se construindo por si. O orador recebia ali uma escada, um estrado, um corrimão, um fundo negro e deslumbrante atrás de si, e luz dirigida bem para a sua pessoa. A luz era tanta que até os observadores distantes viam o nível da água na bilha sobre a mesa.

Bábitchev movia-se acima da multidão, muito brilhante e colorido, como que de lata, lembrando uma figurinha elétrica. Devia proferir um discurso. Embaixo, numa coberta natural, atores preparavam-se para a representação. O oboé uivava, suave, oculto e incompreensível para a multidão. E era incompreensível também o disco do tambor, voltado de frente para a multidão, e que a luz viva prateava. Os atores enfeitavam-se no desfiladeiro de madeira. Cada passo de quem andasse em cima movimentava as tábuas sobre eles, e espalhava em névoa a serragem fina.

O aparecimento de Bábitchev sobre a tribuna alegrou os presentes. Tomaram-no pelo *speaker*. O seu aspecto era demasiado fresco, preparado e teatral, para que não o fizessem.

— Gordão! Que gordão! — maravilhou-se alguém entre o povo.
— Bravo! — gritaram aqui e ali.
Mas disseram na mesa: "Passamos a palavra ao camarada Bábitchev"; e não ficou vestígio dos risos. Muitos se levantaram nas pontas dos pés. Era uma atenção muito concentrada. E cada um teve uma sensação agradável. Era muito agradável ver Bábitchev, por dois motivos: em primeiro lugar, ele era um homem famoso, e em segundo, era gordo. A gordura tornava o homem famoso uma pessoa familiar. Fizeram uma ovação a Bábitchev. Metade dos aplausos eram uma saudação à sua gordura. Proferiu um discurso.

Falava sobre a futura atividade do *Vinte e cinco*: forneceria um número tal de refeições, teria tal ou qual capacidade, e determinado coeficiente nutritivo. Falou também das vantagens da alimentação coletiva.

Referiu-se à alimentação das crianças, dizendo que o restaurante possuiria uma seção infantil voltada ao preparo científico do mingau de leite, ao crescimento das crianças, à coluna vertebral, à anemia. Como todo orador, olhava para longe, por cima da primeira massa dos espectadores, e por isto, até o fim do discurso, manteve-se indiferente ao que sucedia embaixo, sob a tribuna. E no entanto, certo homem de chapéu-coco havia muito desviara a atenção dos espectadores mais próximos: estes não ouviam mais o orador, completamente ocupados com o comportamento do homem, que era, aliás, de todo pacífico. É verdade que, destacando-se da multidão, ele se arriscara a transpor a corda que vedava o acesso à tribuna; é verdade também que se mantinha afastado dos demais, o que indicava claramente certos direitos seus, quer lhe pertencessem de fato, quer tivessem sido simplesmente usurpados por ele... Aparecia de costas para a multidão, apoiado na corda, ou melhor, meio sentado sobre ela, o traseiro transbordando para o outro lado, e, sem se preocupar com a completa desordem que teria lugar se a corda se rompesse, balançava-se sobre ela, tranquilo e parecendo receber com isto prazer.

É possível que ouvisse o orador, ou talvez observasse os atores. Um vestido de bailarina luzia além da padieira, e pela janelinha de madeira espiavam umas carantonhas engraçadas.

E... sim! O que havia de mais importante? Esse tipo original trouxera um travesseiro. Carregava um travesseiro grande, amarelo, velho, que já servira a muitas cabeças, e, ajeitando-se sobre a corda, descera ao chão, e o travesseiro sentara-se ao lado, que nem um porco.

Quando o orador terminou o discurso e, enxugando os lábios com um lenço, ficou vertendo com a outra mão água de uma bilha, quando já silenciavam os aplausos, e o público ligava em outra chave a sua atenção, pronto a ver e ouvir os atores, o homem do travesseiro levantou o traseiro da corda, ergueu-se em toda a sua reduzida estatura, estendeu a mão que segurava o travesseiro e gritou alto:

— Camaradas! Peço a palavra!

Nesse momento, o orador viu o seu irmão Ivan. Apertou os punhos. O irmão Ivan começou a subir a escada da tribuna. Subia devagar. Um dos membros da mesa correu para a barreira. Precisava deter o desconhecido com os gestos e a palavra, mas a sua mão ficou suspensa no ar, e, como que contando os passos do desconhecido sobre os degraus, essa mão foi baixando aos estremeções.

— Um... dois... cinco... seis...

— É hipnotismo! — gritaram esganiçadamente na multidão.

E o desconhecido foi caminhando, o travesseiro suspenso pelo cangote. E eis que chegou à tribuna. A admirável figurinha elétrica surgiu sobre um fundo preto. O fundo negrejava como uma lousa. Era tão negro que até se acreditava ver sobre ele linhas a giz, que tremeluziam nos olhos. A figurinha se deteve.

— O travesseiro! — correu o murmúrio pela multidão.

E o desconhecido falou:

— Camaradas! Querem tirar de vocês a maior das conquistas: o lar. Reboando sobre as escadas de serviço, esmagando os nossos filhos e gatos, quebrando os nossos amados ladrilhos e tijolos, os cavalos da revolução irromperão nas cozinhas de vocês. Mulheres, estão ameaçados vosso orgulho e vossa glória — o lar! Mulheres e mães, querem esmagar a cozinha de vocês com os elefantes da revolução!

... O que dizia ele? Ele zombou das caçarolas de vocês, dos vasinhos, da quietude de vocês, do direito de enfiar a mamadeira entre os lábios dos filhos... Ele ensina-lhes a esquecer o quê? O que ele pretende expelir do coração de vocês? A casa querida! Quer torná-las umas criaturas errantes nos campos selvagens da História. Esposas, ele cospe na sopa de vocês. Mães, ele sonha apagar dos rostinhos dos vossos pequerruchos a semelhança com vocês, a bela, a sacrossanta semelhança familiar. Ele irrompe nos desvãos onde habitam, corre como um rato pelas prateleiras, arrasta-se para baixo das camas, para baixo das camisas, penetra entre os cabelos das axilas de vocês! Mandem-no para o diabo!... Aí está um travesseiro. Sou o rei dos travesseiros. Digam-lhe: nós queremos dormir cada um no seu travesseiro. Não toques nos nossos travesseiros! As nossas cabeças arruivadas, ainda mal cobertas de penugem, jazeram nesses travesseiros, os nossos beijos depositaram-se neles nas noites de amor, em cima deles nós morríamos, e ali morriam também aqueles que nós matávamos. Não toques nos nossos travesseiros! Não nos chames! Não nos atraias, não nos tentes. O que podes ofertar-nos em lugar da nossa capacidade de amar, odiar, ter esperanças, chorar, lamentar e perdoar?... Aí está o travesseiro. O nosso escudo. A nossa bandeira. Aí está o travesseiro.

As balas de fuzil encravam-se nele. Vamos sufocar-te com o travesseiro...
O seu discurso se interrompeu. E assim mesmo dissera demais. Foi como que agarrado pela sua última frase, como se pode agarrar uma pessoa pelo braço, e esta frase foi-lhe torcida atrás das costas. De repente assustado, ele perdeu a voz, e a razão desse susto consistia em que o homem que ele atacava, estava parado em silêncio, ouvindo. Toda a cena podia realmente passar por uma representação teatral. E foi assim que muitos a compreenderam. Bem que os atores muitas vezes surgem do meio do público. E, para reforçar esta impressão, os atores de verdade estavam se precipitando para fora do barraco de madeira. Sim, qual uma borboleta, a bailarina saiu voejando de trás das tábuas. O palhaço de colete de macaco estava trepando para a tribuna, agarrando-se com umas das mãos num travessão e segurando na outra um instrumento musical de estranho aspecto — uma trompa compridona, com três pavilhões; e visto que se podia esperar tudo do homem de colete de macaco e cabeleira ruiva, tinha-se facilmente a impressão de que ele estava trepando, por algum processo mágico, por sobre essa mesma trompa. Alguém de fraque se agitava sob a tribuna, agarrando os atores que se dispersavam correndo e esforçavam-se por ver o extraordinário orador. E os próprios atores supunham também que algum dos artistas de variedades, convidado a tomar parte no concerto, inventara um truque, viera com aquele travesseiro, entrara em discussão com o conferencista, e agora ia iniciar o seu número costumeiro. Mas não. E o palhaço, assustado, escorregou por aquela trompa estúpida! E começou o alarma. Mas não foram as palavras atiradas pomposamente pelo desconhecido para o meio do povo que semearam a perturbação. Pelo contrário, o discurso do homem foi tomado por algo intencional, um truque de teatro de variedades; e o silêncio que se seguiu fez moverem-se os cabelos sob muitos chapéus.

— Por que estás me olhando? — perguntou o homem, perdendo o travesseiro.

A voz do gigante (ninguém sabia que era uma conversa de irmão com irmão), uma exclamação curta que ele soltou, foi ouvida em toda a praça, nas janelas, nas rampas de acesso; velhos soergueram-se em suas camas.

— Contra quem estás movendo guerra, canalha? — perguntou o gigante.

O seu rosto se intumesceu. Tinha-se a impressão de que um líquido escuro ia escorrer desse rosto, como de um odre, de todas as partes, das narinas, dos lábios, dos ouvidos, que lhe sairia dos olhos, e que todos os fechariam horrorizados... Não foi ele quem disse isto. Disseram-no as tábuas em volta dele, o cimento armado, as escoras, as linhas, as fórmulas feitas corpo. A cólera deles é que o dilacerava.

Mas o irmão Ivan nem chegou a recuar (todos esperavam que ele recuasse mais e mais, até sentar-se no seu travesseiro), pelo contrário, de repente ele se fortaleceu, endireitou-se, acercou-se da barreira, fez com a palma da mão uma pala sobre os olhos e chamou:

— Onde estás? Eu te espero! Ofélia!

Soprou um vento forte. Aliás, as lufadas já estavam se repetindo o tempo todo e balançavam as lanternas. Os presentes já se tinham acostumado à junção e separação das sombras (quadrados, triângulos de Pitágoras, lúnulas de Hipócrates): o navio de muitos pavimentos da construção arrancava-se continuamente das âncoras e avançava sobre o povo; de modo que o novo arranco, que fez girar a muitos pelas costas e baixar muitas cabeças, seria recebido com o habitual descontentamento e esquecido no mesmo instante, se não... Dizia-se mais tarde: aquilo passara voando sobre as cabeças, depois de sair de alguma parte atrás da multidão.

O veleiro gigantesco deslizou sobre a multidão, rangendo com o madeirame, uivando com o vento, e o negro corpo voador bateu numa trave elevada, como um pássaro contra a cordoalha, teve um repelão e quebrou uma lanterna...

— Você está com medo, meu irmão? — perguntou Ivan.
— Mas veja o que ainda vou fazer. Vou mandá-la contra os andaimes. Ela vai destruir esta tua construção. Os parafusos se soltarão por si, cairão as porcas, e o cimento armado se esfarelará como um corpo leproso. E então? Ela ensinará cada trave a desobedecer-te. E então? Tudo ruirá. Ela transformará cada um dos teus números numa flor inútil. Aí está, irmão Andriéi, o que posso fazer...
— Ivan, você está muito doente. Está delirando, Ivan — pôs-se de repente a falar, suave e cordialmente, aquele de quem se esperava uma tempestade. — De quem você fala? Quem é "ela"? Eu não vejo nada! Quem transformará os meus números em flores? Foi apenas o vento que empurrou uma lanterna contra a trave vizinha, foi apenas uma lanterna que se quebrou. Ivan, Ivan...
E o irmão avançou um passo para Ivan, os braços estendidos. Mas o outro afastou-o.
— Veja! — gritou ele, erguendo o braço. — Não, você está olhando na direção errada... Aí, aí... mais à esquerda... Está vendo? O que é que está sentado ali, sobre a trave? Está vendo? Toma água. Deem água ao camarada Bábitchev... O que se sentou sobre aquela trave? Está vendo?!! Acredita agora?!! Está com medo?!!
— É uma sombra! — disse Andriéi. — É apenas uma sombra, meu irmão. Vamos embora daqui. Vou levá-lo de carro. Que comece o concerto. Os atores estão se extenuando. O público está à espera. Vamos, Vânia, vamos.
— Ah, uma sombra? Isto não é uma sombra, Andriúcha. É a máquina da qual você zombou... Eu é que estou sentado sobre a trave, Andriúcha, eu, o velho mundo, é o meu século que está sentado ali. O cérebro do meu século, An-

driúcha, que sabia compor tanto canções como fórmulas. Um cérebro repleto de sonhos que pretendes destruir.
Ivan levantou o braço e gritou:
— Vai, Ofélia! Eu te ordeno!

E aquilo que se sentara sobre a viga deu um giro, cintilando, bateu revolvendo-se no mesmo lugar, como bate um pássaro, e começou a desaparecer no espaço escuro formado entre uns cruzamentos de tábuas.

Houve pânico, empurra-empurra, gente fugia aos berros. E aquilo tilintava, passando sobre as tábuas. De repente, tornou a espiar para fora, depois de emitir um raio cor de laranja, assobiou, e, imprecisa de forma, deslizou para cima por um plano inclinado, qual sombra imponderável, à maneira das aranhas, para o caos das tábuas, tornou a sentar-se ali sobre alguma costela, voltou-se...

— Atua, Ofélia! Atua! — gritou Ivan, correndo sobre a tribuna. — Ouviste o que ele diz do lar familiar? Ordeno-te destruir a construção...

Homens corriam, e a sua fuga era acompanhada da fuga das nuvens, de um tumultuar nos céus.

O *Vinte e cinco* ruiu...

Aquele que relatava a história calou-se...

... O tambor jazia entre as ruínas, e sobre o tambor trepei eu, Ivan Bábitchev. Ofélia corria para mim, arrastando Andriéi, esmagado e moribundo.

— Deixa-me ir para cima desse travesseiro, meu irmão — murmurou ele. — Quero morrer em cima do travesseiro. Eu me entrego, Ivan...

Pus o travesseiro nos joelhos, e ele encostou a cabeça.

— Nós vencemos, Ofélia — disse eu.

VII

Na manhã de domingo, Ivan Bábitchev fez uma visita a Kavaliérov.
— Hoje, quero mostrar-lhe Vália — declarou solenemente.
E eles partiram. Poder-se-ia chamar aquele passeio de encantador. Ele tinha lugar na cidade vazia. Fazendo um rodeio, foram à Praça do Teatro. Quase não havia movimento. A ladeira da rua Tvierskaia aparecia azul-celeste. A manhã de domingo constitui um dos aspectos melhores do verão moscovita. A iluminação, não interrompida pelo trânsito, permanecia íntegra, como se o sol acabasse de se erguer. Desta maneira, eles caminharam segundo os planos geométricos de luz e sombra, ou melhor, através dos corpos estereoscópicos, porquanto luz e sombra se interceptavam não só em superfície, mas também no ar. Quase chegando ao Soviete de Moscou, acharam-se em plena sombra. Mas uma grande massa de luz localizou-se no espaço entre dois pavilhões. Ela era densa, quase sólida, aí não se podia mais duvidar de que a luz é material: a poeira que nela volteava podia passar por oscilações do éter.
E eis o beco que liga a Tvierskaia à Nikítskaia. Eles pararam um pouco, admirando a cerca viva em flor.
Atravessaram o portão e subiram por uma escada de madeira para uma galeria envidraçada, que estava em abandono, mas era alegre, graças à abundância de vidros e à vista para o céu, através do gradeado desses vidros.

O céu distribuía-se em lâminas de diferentes gradações de azul e de proximidade de quem o olhasse. Um quarto das vidraças estavam quebradas. Na fileira inferior das janelinhas penetravam os rabinhos verdes de certa planta, que se arrastava fora, na beirada da galeria. Ali, tudo estava calculado para uma infância feliz. Em tais galerias, costuma-se criar coelhos.

Ivan apressou-se para a porta. A galeria tinha três. Ele se dirigiu para a última.

Andando, Kavaliérov quis colher um dos rabichos verdes. Mas apenas o puxou, todo o sistema, invisível além do bordo, arrastou-se atrás do rabicho, e em alguma parte gemeu qualquer arame, que se intrometera na vida dessa hera, ou diabo sabe o quê. (Como se fosse na Itália e não em Moscou...) Fazendo um esforço Kavaliérov encostou a têmpora na janela e viu um quintal, rodeado de um muro de pedra. A galeria ficava entre o segundo e o terceiro andar. Dessa altura, descortinou-se para ele (a Itália continuava) a vista para uma quadra tremendamente verde.

Ainda quando entrava no edifício, ouvira vozes e risos. Vinham daquela quadra. Não conseguiu distinguir nada, pois sua atenção dirigira-se para Ivan. Este batia na porta. Uma, duas vezes, depois mais uma...

— Não há ninguém — mugiu ele. — Ela já foi para lá...

A atenção de Kavaliérov fixou-se na vidraça partida, que dava para a área verde. Por quê? Nada de surpreendente passara ainda ante os seus olhos. Voltando-se, ao ouvir as batidas de Ivan, conseguiu captar apenas o compasso de um movimento colorido, uma única batida de um ritmo ginástico. O verde da área era simplesmente agradável, doce e frio para a vista, e inesperado depois de um quintal comum. Com toda certeza, foi mais tarde que ele se convenceu de que a sedução da campina apoderara-se dele com tamanha força.

— Ela já se foi! — repetiu Bábitchev. — Permita-me...

E ele olhou por uma das janelinhas. Kavaliérov não tardou a fazer o mesmo.

O que lhe parecera uma campina resultou ser na realidade um quintalzinho coberto de capim. A maior força do verde destacava-se das árvores altas, de copas espessas, que ficavam nas beiradas. Todo esse verde desabrochava sob o muro enorme da casa. Kavaliérov observava de cima. Segundo lhe parecia, o quintalzinho estava comprimido. Toda a cercania, que se estendia além do alto ponto de observação, amontoava-se sobre ele. Era como um capacho, num quarto cheio de móveis. Telhados alheios desvendavam a Kavaliérov os seus mistérios. Ele viu ventoinhas de tamanho natural, lucarnas cuja existência ninguém suspeita sequer embaixo, e uma bola de criança, para sempre perdida, que fora atirada demasiado alto e rolara para a calha. Prédios espetados de antenas rodeavam em escadinha o quintal. A cabecinha de uma igreja, recém-pintada de mínio, alojara-se no intervalo com o céu e parecia voar, até que Kavaliérov apanhou-a com os olhos. Ele via o braço da alavanca do bonde que passava numa rua afastada, e um outro observador, que se inclinara para fora de uma janela distante, cheirando ou comendo algo, quase se apoiava naquele braço, em obediência às leis da perspectiva.

E o mais importante era o quintalzinho.

Eles desceram. Havia uma brecha no muro de pedra que separava o quintal do quintalejo, isto é, que isolava um quintal deserto de uma campina misteriosa. Faltavam ali algumas pedras, como pães retirados de um forno. E por este envasamento eles viram tudo. O sol queimava a Kavaliérov o topo da cabeça. Eles viram um exercício de salto. Uma corda estava estendida entre duas estacas. Um jovem saltou, elevou o corpo de lado, sobre a corda, quase deslizando, estendido paralelamente ao obstáculo: parecia não saltar, mas rolar sobre este, como se rola sobre uma onda. E, rolando, jogou os pés para cima e movimentou-os como um nadador que empurra a água. Na fração de instante que se seguiu, apareceu o seu rosto virado, deformado, precipitando-se para baixo, e imediatamente Kavaliérov viu-o em pé, depois de ter-se chocado com o solo e emitido um som parecido com "aff", e que não se percebia bem se era uma emissão de ar interrompida ou um choque do calcanhar com a erva.

Ivan beliscou o cotovelo de Kavaliérov.

— Aí está ela... veja... (num murmúrio.)

Todos gritaram e bateram palmas. O saltador, que estava quase nu, afastava-se para o lado, descaindo ligeiramente sobre uma perna, provavelmente por coquetismo esportivo.

Era Volódia Makárov.

Kavaliérov estava perplexo. Apossou-se dele um sentimento de vergonha e medo. Sorrindo, Volódia exibia toda uma maquininha rebrilhante de dentes.

Em cima, na galeria, batiam novamente à porta. Kavaliérov se voltou. Era muito estúpido ser pilhado ali, junto ao muro, no ato de espiar. Alguém caminha na galeria. As janelinhas esquartejam esse alguém. As partes do corpo se movem independentes. Ocorre uma ilusão de óptica. A cabeça antecipa o corpo. Kavaliérov reconhece a cabeça. Andriéi Bábitchev flutua na galeria.

— Andriéi Pietróvitch! — grita na área verde Vália. — Andriéi Pietróvitch! Vem cá! Vem cá!

O visitante terrível desapareceu. Ele deixa a galeria e procura o caminho para aquele campo. Obstáculos diversos ocultam-no dos olhos de Kavaliérov. É preciso fugir.

— Vem cá! Vem cá! — retine a voz de Vália.

Kavaliérov vê o seguinte: Vália está parada no campo, as pernas muito abertas e firmes. Usa calção preto, muito arregaçado, tem as pernas bem nuas, vê-se toda a construção delas. Está de sapatos brancos de esporte, sem meias; e a sola lisa dos sapatos torna a sua postura ainda mais firme e compacta: não feminina, porém masculina ou infantil. Tem as pernas sujas, queimadas, brilhantes. São pernas de menina, sobre as quais atuam com tamanha frequência o ar livre, o sol, as quedas sobre montículos ou sobre o capim, os golpes, de modo que elas enrudecem, cobrem-se de cicatrizes céreas, de cascas de ferida prematuramente arrancadas, e os seus joelhos tornam-se ásperos como laranjas. A idade e uma certeza subconsciente da sua opulência física dão à possuidora de tais pernas o direito de cuidar delas tão pouco, de não se compadecer delas. No entanto, mais em cima, sob o calção preto, a delicadeza e a limpidez do corpo mostram como será encantadora a dona dessas pernas, ao amadurecer e tornar-se mulher, quando ela dirigir a atenção para si mesma e quiser enfeitar-se: quando sararem as feridas, caírem todas as cascas, o queimado da pele se uniformizar e transformar-se em coloração.

Ele se sacudiu e correu ao longo do muro, na direção oposta à do envasamento, sujando o ombro na pedra.

— Onde vai?! — chamou-o Ivan. — Para onde está fugindo? Espere!

"Ele grita muito alto! Eles vão ouvi-lo!", horrorizou-se Kavaliérov. "Eles vão me ver!"

Realmente, um silêncio abrupto instalou-se além do muro. Lá estavam à escuta. Ivan alcançou Kavaliérov.

— Escuta, meu caro... Viu? É o meu irmão! Viu? Volódia, Vália... Todos! A tropa toda... Espere, agora mesmo vou subir no muro e xingá-los... Você se sujou, Kavaliérov, parece um moleiro!

Kavaliérov disse quieto:

— Conheço muito bem o seu irmão. Foi ele quem me expulsou de casa. É a pessoa importante de que lhe falei... Os nossos destinos se assemelham. O senhor me disse que eu tenho de matar o seu irmão... O que devo fazer?...

Vália estava sentada no muro de pedra.

— Papai! — exclamou ela, depois de soltar um "ah".
Ivan abraçou-lhe as pernas, que pendiam do muro.
— Vália, arranca-me os olhos. Quero ser um cego — disse ele, perdendo o fôlego —, não quero ver nada: nem campos, nem ramos, nem flores, nem paladinos, nem covardes, preciso ficar cego, Vália. Eu me enganei, Vália... Pensei que todos os sentimentos tivessem morrido: o amor, a fidelidade, a ternura... Mas tudo ficou, Vália... Mas não para nós, o que nos sobra é somente inveja e mais inveja... Arranca-me os olhos, Vália, quero ficar cego...
Deslizou pelas pernas suadas da moça com as mãos, o rosto, o peito, e estatelou-se ao pé do muro.

— Bebamos, Kavaliérov — disse Ivan. — Vamos beber, Kavaliérov, pela mocidade que passou, pela conspiração dos sentimentos, que fracassou, pela máquina que não existe e nunca existirá...
— Filho da mãe, Ivan Pietróvitch! (Kavaliérov agarrou-o pela gola.) A mocidade não passou! Não! Está ouvindo? É mentira! Vou provar-lhe... Amanhã mesmo, está ouvindo? Amanhã, no futebol, vou matar o seu irmão...

VIII

Nikolai Kavaliérov ocupava um lugar na arquibancada. À sua direita, num alto camarote de madeira, em meio às lonas, aos cartazes de letras garrafais, às escadinhas e às tábuas cruzadas, estava sentada Vália. O camarote aparecia repleto de jovens.

Soprava o vento, o dia era muito claro, atravessado de todos os lados pelos assobios do vento. O campo enorme verdejava de erva batida, que brilhava como esmalte.

Kavaliérov olhava aquele camarote, sem tirar os olhos, forçando a vista, e, depois de cansado, fazia atuar a imaginação, procurando suprir aquilo que não podia ver ou ouvir, devido à distância. Não só ele, mas também muitos dos que estavam sentados próximo ao camarote, e ainda que excitados com a premonição de um espetáculo excepcional, prestavam atenção à encantadora moça de vestido cor-de-rosa, quase uma menina, infantilmente descuidada nas suas poses e movimentos, e que ao mesmo tempo tinha tal aspecto que cada um queria ser notado por ela, como se ela fosse uma celebridade ou a filha de um homem famoso.

Vinte mil espectadores abarrotavam o estádio. Ia ter lugar uma festa sem precedentes: o esperado jogo entre as equipes de Moscou e da Alemanha.

Nas arquibancadas, havia gente discutindo, gritando, armando escândalo por qualquer tolice. A enorme massa dilatava o estádio. Em alguma parte, a balaustrada se rompeu, com um grasnar de pato. Kavaliérov, que, ao procurar o seu lugar, se embaraçara em joelhos alheios, viu deitado, ao pé das arquibancadas, um velhote venerável, de colete creme, a respiração difícil e os braços muito separados. Perto, as pessoas empurravam-se, não pensando muito nele. A inquietação aumentava com o vento. Nas torres, bandeiras faiscavam qual relâmpagos. Todo o ser de Kavaliérov impelia-o para o camarote. Vália estava acima, em linha oblíqua, a uns vinte metros. A vista zombava dele. Tinha a impressão de que se encontravam com os olhos. Então, ele se soerguia. Parecia-lhe que o medalhão dela chamejava. O vento fazia com ela o que queria. Volta e meia, ela agarrava o chapéu. Era antes um capuz de palha vermelha e brilhante. O vento repuxava-lhe a manga até o ombro, descobrindo o braço, esbelto como uma flauta. Um programa voou para longe dela, bateu as asas e foi cair no mais denso do povo.

 Ainda um mês antes do jogo, supunha-se que o time alemão viria com o famoso Hezke, centroavante, isto é, o jogador principal entre os cinco atacantes. E Hezke veio realmente. Apenas o time alemão saiu em campo, aos sons de uma marcha, e enquanto os jogadores ainda não haviam se distribuído nas respectivas posições, o público (a exemplo do que sempre ocorre) reconheceu a celebridade, embora esta caminhasse no magote dos demais visitantes.

 — Hezke! Hezke! — gritaram os espectadores, com uma sensação particularmente agradável, por estarem vendo o famoso jogador e por baterem palmas a ele.

 Hezke, que se verificou ser um homem pequeno, escuro e curvado, deu um passo um tanto para o lado, parou, levantou os braços sobre a cabeça e agitou as palmas das mãos reunidas. Este tipo de saudação, estrangeiro e desconhecido, excitou ainda mais os espectadores.

 Os onze alemães brilhavam sobre o verde, no ar puro, com a cor viva e oleosa dos uniformes. Usavam camiseta laranja, quase dourada, com aplicações verde-lilases do lado direito do peito, e calções pretos. Os calções murmuravam com o vento.

Encolhendo-se devido ao fresco da camisa esportiva recém-vestida, Volódia Makárov, dentro do prédio da administração, olhava os jogadores pela janela. Os alemães alcançaram o centro do campo.

— Vamos, não? — perguntou ele. — Vamos?
— Vamos! — comandou o capitão do time.

O time soviético saiu correndo, de camisa vermelha e calção branco. Os espectadores despencavam-se sobre os balaústres, batiam nas tábuas com as pernas.

O rugir da multidão abafou a música.

Coube aos alemães jogar contra o vento no primeiro tempo.

Os nossos não só jogavam e procuravam fazer tudo o que convém, para jogar o melhor possível, mas também não cessavam de observar o jogo dos alemães como espectadores, e julgá-lo como profissionais. A partida dura noventa minutos, com um intervalo curto depois dos primeiros quarenta e cinco. Após o intervalo, os times trocam de posição. De modo que, quando venta, é mais vantajoso jogar contra o vento ainda com as forças frescas.

Como os alemães estivessem jogando a favor do vento, e este fosse muito forte, todo o jogo foi soprado na direção do nosso gol. A bola quase não saía da metade soviética do campo. Os nossos beques faziam fortes "velas", isto é, fortes chutes parabólicos, mas, escorregando sobre a parede do vento, a bola girava, rebrilhando de amarelo, e recuava. Os alemães atacavam furiosamente. O famoso Hezke se mostrou de fato um jogador temível. Toda a atenção se concentrou nele.

Quando a bola lhe cabia, Vália, sentada nas alturas, soltava um som esganiçado, como se no mesmo instante devesse ver algo terrível e criminoso. Hezke abria caminho para o gol, deixando atrás os nossos beques, postos de cócoras pela rapidez e violência de seu ataque, e empurrava a bola para o gol. Vália inclinava-se então com um movimento brusco para o vizinho, agarrava-lhe o braço com ambas as mãos, apertava contra ele a face, pensando apenas numa coisa, em esconder o rosto e não ver o terrível acontecimento, e continuava a dirigir os olhos enviezados para os movimentos terríveis de Hezke, negro de tanto correr no calor.

Mas Volódia Makárov, o goleiro soviético, apanhava a bola. Ainda antes de concluir o movimento feito para o chute, Hezke mudava com elegância este movimento em outro, necessário para voltar-se e correr, virava-se e de fato corria, inclinando os ombros, envoltos na camiseta muito justa e preta de suor. No mesmo instante, Vália assumia uma posição natural e começava a rir: em primeiro lugar, de prazer porque os nossos não tinham deixado passar a bola, e, em segundo, por lembrar como pouco antes gritara esganiçadamente e agarrara-se ao braço do vizinho.

— Makárov! Makárov! Muito bem, Makárov! — gritava ela, acompanhando os demais.

A todo momento, a bola voava para o gol. Ela batia nas traves, que gemiam e deixavam cair cal... Volódia agarrava a bola em pleno voo, mesmo quando isto parecia matematicamente impossível. Todo o público, toda a rampa viva das arquibancadas tornava-se como que mais vertical: cada espectador soerguia-se, impelido pelo desejo impaciente e terrível de ver finalmente o mais interessante: o gol. O juiz impelia em plena corrida o apito para a boca, pronto a apitar gol... Volódia não apanhava propriamente a bola, ele a arrancava da linha de voo e, como que transgredindo as leis da Física, sujeitava-se à ação atordoante das forças rebeladas. Ele soerguia-se no ar junto com a bola, girava exatamente como se parafusasse o seu próprio corpo, na pontaria: envolvia a bola com os joelhos, a barriga, o queixo, com o corpo todo, atirando o seu peso contra a velocidade da bola, como se jogam trapos a fim de apagar uma chama. A velocidade interrompida da bola atirava Volódia dois metros para o lado, e ele caía como uma grande bomba de papel colorido. Os atacantes inimigos corriam sobre ele, mas por fim a bola ficava bem acima da batalha.

Volódia permanecia junto ao arco. Não conseguia ficar parado. Caminhava na linha do gol, de um poste a outro, reprimindo o ímpeto da energia despertada pela luta com a bola. Tudo rugia nele. Mexia com os braços, sacudia-se, chutava com a ponta do pé torrões de terra. Elegante antes de começar o jogo, agora ele consistia em trapos, num corpo negro e no couro das luvas enormes e sem divisões nos dedos. As suas folgas não duravam muito. Novamente, o ataque dos alemães rolava para o arco dos moscovitas. Volódia desejava apaixonadamente a vitória do seu time e inquietava-se por cada um dos seus jogadores. Ele acreditava ser o único a saber como se devia jogar contra Hezke, quais eram os seus pontos fracos e como se defender do seu ataque. Interessava-lhe também saber a opinião do famoso alemão sobre o jogo dos soviéticos. No instante em que ele mesmo batia palmas e gritava "urra" a cada um dos nossos beques, tinha vontade de gritar a Hezke:

"Aí está como nós jogamos! É um jogo bom na sua opinião?"

Como futebolista, Volódia representava o oposto de Hezke. Era um esportista profissional, o outro, um jogador profissional. Para Volódia importavam a sequência geral do jogo, a vitória comum, o resultado, enquanto Hezke ansiava apenas por mostrar a sua arte. Era um velho e experimentado jogador, que não pretendia sustentar a honra do time; somente o seu próprio sucesso lhe era caro; não participava, como membro efetivo, de nenhuma organização esportiva, porquanto ficara comprometido com as transferências de um clube a outro, em troca de compensação monetária. Fora-lhe proibido participar em campeonatos. Convidavam-no somente para jogos sem compromisso, partidas de exibição e viagens ao exterior. A arte aliava-se nele à boa estrela. A sua participação tornava o time perigoso. Desprezava os jogadores, tanto os parceiros como os oponentes. Ele se sabia capaz de furar qualquer time. Não lhe importava o resto. Era um mercenário.

Na metade do jogo, já se tornara evidente para os espectadores que o time soviético não deixava nada a dever aos alemães. Estes não conduziam um ataque certo: Hezke o impedia. Atrapalhava, destruía as combinações deles. Jogava unicamente para si, por sua conta e risco, não recebendo ajuda e não ajudando a ninguém. Recebida a bola, concentrava em si todo o movimento do jogo, apertava-o num novelo, soltava ou driblava a bola, transferia-a de um lado a outro, segundo os seus próprios planos, obscuros para os seus companheiros, tendo confiança unicamente em si mesmo, nas suas corridas e na sua capacidade de enganar a parte contrária.

Os espectadores concluíram por aí que o segundo tempo, quando Hezke perderia o fôlego, e os nossos receberiam o lado ventoso do campo, terminaria com a derrota dos alemães. Contanto que os nossos se mantivessem agora, sem deixar passar a bola por entre as traves.

Mas também desta vez o virtuose Hezke chegou aonde queria. Dez minutos antes do intervalo, ele se lançou para a beirada direita do campo, empurrou a bola com o corpo, em seguida se deteve abruptamente, desorientando os perseguidores, que, não esperando aquela parada, correram para a frente e para a direita, voltou-se com a bola para o centro e impeliu-a para o gol, através do espaço limpo, rodeando apenas um beque soviético, e ficou olhando ora os seus próprios pés, ora o arco, como que medindo e calculando a velocidade e o tempo de chute.

Um urro em "o-o-o" ininterrupto rolou das arquibancadas. As pernas escarranchadas e os braços abertos como se segurassem um barril invisível, Volódia preparou-se para apanhar a bola. Sem dar um chute, Hezke correu para o gol. Volódia caiu-lhe aos pés. A bola debateu-se entre os dois, como numa barrica; os assobios e o patear dos espectadores cobriram o final da cena. Devido ao golpe de um dos dois, a bola ergueu-se leve e incerta sobre a cabeça de Hezke, que a impeliu para a rede, com uma cabeçada que lembrava uma saudação.

Desta maneira, o time soviético tomou um gol.

O estádio reboava. Binóculos dirigiram-se para o arco soviético. Olhando os seus sapatos, que apareciam e desapareciam na corrida, Hezke deslocava-se com coquetismo para o centro.

Os companheiros levantaram Volódia.

IX

Vália virou-se junto com os demais. Kavaliérov viu-lhe o rosto, dirigido para ele. Não tinha dúvidas de que ela o via. Agitou-se, irritado com uma estranha suposição. Teve a impressão de que os circunstantes viram o seu estado inquieto e que riam um pouco.

Voltou-se para olhar os seus vizinhos do lado. Muito inesperadamente, no mesmo canto do estádio e bem próximo dele, estava sentado Andriéi Bábitchev. Mais uma vez, Kavaliérov ficou indignado com duas mãos brancas, que regulavam a charneira do binóculo, um corpo volumoso de paletó cinzento, uns bigodes aparados...

O binóculo ficara suspenso sobre Kavaliérov, qual uma granada preta. As correias do binóculo pendiam das faces de Bábitchev como rédeas.

Os alemães já estavam avançando novamente.

De inopinado, a bola, atirada pelo chute vigoroso e mal calculado de alguém, ergueu-se alto e para o lado, na direção de Kavaliérov, assobiou sobre as cabeças abaixadas das primeiras fileiras, deteve-se um instante e, girando com todas as suas facetas, desabou sobre as tábuas, ao pé de Kavaliérov. O jogo se interrompeu. Os jogadores se imobilizaram, sob a ação do inesperado. A paisagem do campo, verde e colorida, e que estivera movendo-se o tempo todo, agora se petrificara num átimo. Assim se detém o filme, no instante do rompimento da película, quando já se liga a iluminação na sala, o operador ainda não teve tempo de desligar a luz no aparelho, e o público vê a tela estranhamente embranquecida e os contornos do herói, completamente imóvel numa pose que reproduz o movimento mais rápido. A raiva de Kavaliérov cresceu ainda mais. Todos riam em volta. A bola caída nas fileiras do público sempre suscita o riso: nesse momento, os espectadores como que tomam consciência do caráter zombeteiro do fato de que, durante uma hora e meia, algumas pessoas correm atrás da bola, obrigando a eles, espectadores, umas pessoas estranhas, a acompanhar com tamanha seriedade e paixão aquela maneira nada séria de passar o tempo.

Pois bem, milhares de pessoas presentearam Kavaliérov com uma atenção gratuita, de caçoada.

Talvez Vália também estivesse rindo às gargalhadas dele, do homem que ficara sob a bola! E talvez se divertisse duplamente, folgando ao ver o inimigo numa situação ridícula.

Ele sorriu, afastando a perna da bola, que, perdendo o apoio, bateu novamente no salto do seu sapato, com um apego de gato.

— Ora! — gritou involuntariamente e espantado Bábitchev.

Kavaliérov permaneceu passivo. Duas palmas de mão grandes e brancas estenderam-se atrás da bola. Alguém levantou-a e passou-a a Bábitchev. Ele ergueu-se em toda a altura e, impelindo para a frente a barriga, ergueu as mãos com a bola para trás da cabeça, agitando os braços, a fim de atirá-la o mais longe possível. Não podia ficar sério num caso desses, mas, compreendendo que era preciso, aumentou a expressão de seriedade aparente, unindo as sobrancelhas e inflando os lábios frescos e vermelhos.

Bábitchev oscilou com força para a frente e lançou a bola, desacorrentando magicamente o campo.

"Ele não me reconhece" — concentrava a sua raiva Kavaliérov.

O primeiro tempo terminou com a contagem de "um a zero" a favor dos alemães... Tendo no rosto linhas escuras de suor, e colados por toda parte fios verdes de capim, os jogadores caminharam para a saída do campo, movendo os joelhos com força e em deslocamentos largos, como que nadando. Os alemães, vermelhos de maneira não russa, com um rubor a partir das têmporas, mudaram coloridamente de lugar com os moscovitas. Os jogadores caminharam sob as paredes de tábua da passagem, vendo ao mesmo tempo a multidão toda e não vendo ninguém em particular. Eles pincelavam a multidão com os sorrisos e com os olhos mortiços, demasiado transparentes nos rostos escuros. Aqueles para quem ainda há pouco eles pareciam umas figurinhas pequenas, que corriam e que caíam, encontraram-nos agora face a face. Movia-se com eles o rumor ainda não esfriado do jogo. Hezke, que parecia um cigano, caminhava chupando a ferida que acabava de receber acima do cotovelo.

Eram novidades para os basbaques os pormenores do porte ou da constituição deste ou daquele jogador, as fortes escoriações, a respiração penosa, a completa confusão das vestes. De longe, tudo causara uma impressão mais leve e festiva.

Kavaliérov esgueirou-se entre ilhargas alheias, passou embaixo de certa trave e pisou aliviado a erva. Ali, na sombra, ele corria com outras pessoas sobre o caminho, rodeando por trás a curva das arquibancadas. O bufê, instalado sob as árvores, encheu-se num instante. O amassado velhote do colete creme ainda espiava o público, descontente e desconfiado, e tomava sorvete. A multidão grudava-se ao compartimento dos jogadores.

— Urra! Makárov! Urra! — voavam de lá gritos de entusiasmo. Os torcedores trepavam nos muros, defendendo-se do arame farpado como de abelhas, e ainda mais alto: nas árvores, no verde mais escuro, balançando-se ao vento, ágeis como homúnculos da selva.

Um corpo brilhante, borrifando nudez, saiu voando obliquamente sobre a multidão. Estavam balançando Volódia Makárov. Kavaliérov não teve ânimo de varar aquele anel triunfal. Ficou espiando nas fendas, pisoteando o chão, atrás da multidão. Volódia já estava de pé. A meia descera-lhe numa das pernas, aparecendo como uma rosca verde, em torno da canela piriforme, ligeiramente cabeluda. A camisa dilacerada mantinha-se mal e mal sobre o seu corpo. Ele cruzara pudicamente os braços sobre o peito.
 E eis que Vália está parada ali. E com ela Andriéi Bábitchev.
 Os basbaques aplaudem os três.
 Bábitchev olha amorosamente para Volódia.
 O vento se imiscuiu na cena. Caiu uma estaca listada e toda a folhagem oscilou para direita. O anel de basbaques se dispersou, todo o quadro se desfez, as pessoas procuravam salvar-se da poeira. Vália foi quem mais sofreu. O vestido cor-de-rosa, leve como uma casquinha, voou-lhe sobre as pernas, mostrando a Kavaliérov a sua transparência. O vento soprou o vestido contra o rosto dela, e Kavaliérov viu o contorno desse rosto no brilho e translucidez do tecido aberto em leque. Kavaliérov viu-o através da poeira e viu-a também agarrar o vestido e rodopiar, emaranhar-se, quase cair de lado. Ela esforçou-se em comprimir a barra da saia contra os joelhos, mas, não o conseguindo, lançou mão de meias medidas para cessar o espetáculo indecoroso: envolveu com as mãos as pernas demasiado descobertas, escondendo os joelhos e dobrando-se a mais não poder, como uma banhista apanhada de surpresa.
 Alhures o juiz apitou. A marcha rolou. E assim se interrompeu aquela alegre confusão. Começava o segundo tempo. Volódia saiu correndo.

— Dois gols contra os alemães, pelo menos! — gritou esganiçado um moleque, que passava correndo por Kavaliérov.

Vália continuou a lutar contra o vento. Correndo atrás da barra do seu vestido, ela mudou de posição dez vezes e, finalmente, achou-se junto de Kavaliérov, à distância de um murmúrio.

Estava de pé, as pernas muito abertas. Segurava o chapéu derrubado pelo vento e apanhado em pleno voo. Ainda não voltando a si do pulo que dera, olhou para Kavaliérov, não o vendo, a cabeça um pouco de lado, os cabelos castanhos curtos, cortados abruptamente e de viés junto às faces.

A luz solar deslizou-lhe no ombro, ela se balançou e as clavículas faiscaram-lhe qual punhais. O exame durou a décima parte de um segundo, e no mesmo instante Kavaliérov compreendeu, gelando, que angústia irreparável lhe ficaria para sempre por ter visto aquela criatura de um outro mundo, alheia e extraordinária, sentiu como ela lhe aparecia irremediavelmente querida e como era esmagadora e inatingível a sua pureza — tanto por ser ela uma menina, como por causa do seu amor a Volódia — e quão insolúvel era a tentação que exercia.

Bábitchev esperava-a, o braço estendido.

— Vália — disse Kavaliérov. — Eu a esperei a vida inteira. Tenha pena de mim...

Mas ela não o ouvira. Corria, ceifada pelo vento.

X

Kavaliérov voltou para casa de noite, embriagado. Caminhou pelo corredor, na direção do lavatório, a fim de beber um pouco. Abriu a torneira ao máximo e se molhou todo. Deixou a torneira aberta, jorrando. Ao entrar no quarto de Ánietchka, deteve-se. A luz não fora apagada. Rodeada pelo algodão amarelo da luz, a viúva estava sentada em sua enorme cama, as pernas nuas pendendo da beirada. Aprontara-se para dormir.

Kavaliérov deu um passo. Ela mantinha-se quieta, como enfeitiçada. Kavaliérov teve a impressão de que ela sorria, atraindo-o.

Caminhou sobre ela.

A viúva não opôs resistência, e até abriu os braços.

— Ah, que malandrão — murmurou ela —, ah, que malandrão!

Mais tarde, ele acordou várias vezes. Atormentava-o a sede, um sonhar bêbado, enfurecido, com água. Quando acordava, tudo era silêncio. Um segundo antes de acordar, lembrava-se de como a água batia na pia: uma lembrança penetrante soerguia-o, mas não havia água. Ele tornava a descair. Enquanto ele dormia, a viúva se fez dona de casa: fechou a torneira, despiu Kavaliérov e consertou-lhe os suspensórios. Amanheceu. A princípio, ele não compreendeu nada. A exemplo do mendigo bêbado da comédia, que fora apanhado por um ricaço e levado para o palácio deste, ele estava deitado, embrutecido, em meio a um luxo que desconhecia. Viu no espelho a sua imagem sem precedentes: as solas para a frente. Jazia magnífico, a cabeça repousando no braço. O Sol iluminava-o de lado. Ele pairava nas faixas largas e fumegantes da luz, como sob a cúpula de um templo. E sobre ele pendiam cachos de uva, cupidos dançavam, maçãs rolavam de cornucópias, e ele quase ouvia, saindo de tudo aquilo, um ressoar surdo e solene de órgão. Estavam deitados na cama de Ánietchka.

— Olhando você, me lembro dele — murmurou Ánietchka com ardor, inclinada sobre Kavaliérov.

Um retrato envidraçado pendia sobre a cama. Pendia ali um homem, o jovem avô de alguém, vestido solenemente com uma das derradeiras sobrecasacas da época. Percebia-se que ele tinha uma nuca forte, de muitos canos. Beirava os cinquenta e sete.

Kavaliérov lembrou-se de seu pai mudando a camisa...

— Você me lembrou muito o meu marido — repete Ánietchka, abraçando Kavaliérov. E a cabeça dele some sob a axila da mulher como numa barraca. A viúva abrira as tendas das axilas. O êxtase e a vergonha tumultuavam nela.

— Também ele me tomou... assim... com a esperteza... quieto-quieto, não dizia nada... e depois! Ah, você, meu malandrão...

Kavaliérov bateu nela.

Ficou estupefata. Kavaliérov levantou-se de um salto, fazendo explodir as camadas geológicas do leito; os lençóis arrastaram-se atrás dele. Ela correu para a porta, as mãos suplicando socorro, perseguida pelos trastes em confusão, como uma pompeiana. Um cesto ruiu por terra, uma cadeira inclinou-se de lado.

Ele a golpeara algumas vezes nas costas e na cintura envolta em banha, como num pneumático.

A cadeira ficou apoiada num pé.

— Ele também me batia — disse a viúva, sorrindo por entre as lágrimas.

Kavaliérov voltou para a cama. Deixou-se cair, sentindo que adoecia. Passou o dia todo no esquecimento. À noitinha, a viúva deitou-se ao lado. Ela roncava. Kavaliérov viu-lhe a goela, em forma de arco aberto para a treva. Kavaliérov se escondia atrás da abóbada. Tudo movia-se e oscilava, a terra tremia. Ele deslizava e caía sob o impulso do ar, que vinha do abismo. A viúva choramingava dormindo. De repente, porém, parava de choramingar, fazia um barulho de comer e aquietava-se. Contraía-se então toda a arquitetura da goela. O ronco tornava-se de pólvora, de gasosa.

Kavaliérov agitava-se e chorava. Ela erguia-se e encostava à testa dele uma toalha molhada. Ele arrastava-se na direção da umidade, soerguia-se todo, procurava a toalha com as mãos, amassava-a, pondo-a sob a sua face, e beijava-a, murmurando:

— Eles a raptaram. Como é difícil para mim viver neste mundo... Como é difícil...

Mas, ainda antes de acabar de se deitar, a viúva adormecia, apoiada no espelho em arco. O sono untava-a de doçura. Ela dormia de boca aberta, fazendo gluglu, como dormem as velhinhas.

Os percevejos viviam, farfalhavam, como se alguém espancasse o papel das paredes. Apareciam esconderijos de percevejos, ignorados de dia. A madeira da cama crescia, inchava.

O parapeito da janela cobriu-se de cor-de-rosa.

A penumbra fumegava ao redor da cama. Os segredos noturnos desciam dos cantos, deslizavam sobre as paredes, escorriam ao redor dos que dormiam, e arrastavam-se para debaixo da cama.

Kavaliérov de repente se sentou, os olhos muito abertos. Ivan estava parado junto à cama.

XI

E no mesmo instante Kavaliérov começou a preparar-se para sair dali.

Ánietchka dormia, sentada sob o espelho em arco, os braços rodeando a barriga. Cautelosamente, para não a incomodar, retirou o cobertor e, vestindo-o como uma capa, surgiu diante de Ivan.

— Muito bem — disse o outro. — Você está brilhando como uma lagartixa. Será assim mesmo que aparecerá ao povo. Vamos, vamos! Temos que nos apressar.

— Estou muito doente — suspirou Kavaliérov; sorria dócil, como que se desculpando por não ter vontade de procurar as calças, o paletó, os sapatos. — Não faz mal eu estar descalço?

Ivan já estava no corredor. Kavaliérov correu atrás dele.

"Eu sofri muito tempo e sem motivo", pensou Kavaliérov. "Hoje, chegou o dia da expiação."

A torrente humana arrastou-os. Um caminho brilhante abriu-se além da primeira esquina.

— Aí está ele! — disse Ivan, apertando a mão de Kavaliérov. — Aí está o *Vinte e cinco*!

Kavaliérov viu: jardins, cúpulas esféricas de folhagem, um arco de pedra leve e transparente, galerias, o voo de uma bola sobre a verdura...

— Para cá! — comandou Ivan.

Eles correram sobre um muro coberto de hera, depois foi preciso saltar. O cobertor azul facilitou o salto de Kavaliérov, ele deslizou no ar por cima da multidão e pousou ao pé de uma larguíssima escada de pedra. Mas no mesmo instante, assustado, começou a arrastar-se dali, sob o cobertor, como um inseto de asas dobradas. Não o notaram. Sentou-se atrás de um pedestal.

No alto da escada, rodeado por muitas pessoas, estava Andriéi Bábitchev. De pé, abraçava o ombro de Volódia, e atraía-o para si.

— Logo vão trazê-la — disse Andriéi, sorrindo para os amigos.

E então Kavaliérov viu o seguinte: uma orquestra avançava sobre a pista de asfalto, que levava à escada, e Vália pairava sobre a orquestra. O som dos instrumentos mantinha-a no ar. Ela era carregada pelo som. Ora se erguia, ora descia por cima das trompas, conforme a intensidade e altura do som. As fitas erguiam-se-lhe acima da cabeça, o vestido enchia-se de ar, os cabelos empinavam-se.

O último acorde jogou-a para o alto da escada, e ela caiu nos braços de Volódia. Todos se afastaram. Só eles dois ficaram no centro da roda.

Kavaliérov não pode ver o que se seguiu. Um pavor súbito apoderou-se dele. Uma estranha treva de repente se ergueu ante os seus olhos. Gelando, ele voltou-se devagar. Atrás dele, Ofélia estava sentada sobre a erva.

— A-a-a! — gritou ele terrivelmente. Largou a correr. Ofélia emitiu um tinido e agarrou-o pelo cobertor. Este deslizou dele. De aspecto vergonhoso, tropeçando, caindo, batendo com o maxilar nas pedras, ele foi subindo a escada. Os outros olhavam-no de cima. A encantadora Vália estava inclinada.

— Para trás, Ofélia! — ressoou a voz de Ivan. — Ela não me obedece... Espera, Ofélia!

— Segurem-na!

— Ela vai matá-lo!

— Oh!
— Vejam! Vejam! Vejam!
Kavaliérov voltou-se do meio da escada. Ivan tentava trepar no muro. A hera rompia-se. A multidão refluiu. Ivan ficou pendurado na parede, pelos braços largamente abertos. Um terrível objeto de ferro avançava devagar sobre a erva, na sua direção. Daquilo que se poderia denominar a cabeça do objeto, destacava-se devagar uma agulha cintilante. Ivan estava uivando. Os seus braços não aguentaram. Ele despencou, o chapéu-coco rolou entre os dentes-de-leão. Ficou sentado, as costas apertadas contra o muro, a cabeça escondida nas mãos. A máquina avançava, cortando pelo caminho os dentes-de-leão.
Kavaliérov ergueu-se e gritou, a voz repassada de desespero:
— Salvem-no! Será que vocês vão deixar que a máquina mate um homem?!
Não houve resposta.
— O meu lugar é ao lado dele! — disse Kavaliérov. — Mestre! Vou morrer com o senhor!
Mas já era tarde. Os gritos de coelho de Ivan derrubaram-no. E caindo, viu Ivan espetado no muro com a agulha.
Ivan inclinou-se suavemente, girando em torno do eixo terrível.
Kavaliérov envolveu a cabeça com as mãos, para não ver e não ouvir mais nada. Mas assim mesmo ouviu um tilintar. A máquina alçava-se escadaria acima.
— Eu não quero! — gritou ele com todas as forças. — Ela me matará! Perdão! Perdão! Tenham pena de mim! Não fui eu que desonrei a máquina! Não tenho culpa! Válía! Válía! Salva-me!

XII

Kavaliérov passou três dias doente. E apenas se curou, fugiu. Desceu da cama arrastando-se, olhando para um ponto fixo, depois para o canto do quarto, para baixo da cama. Vestiu-se como um autômato, de repente sentiu uma nova botoeira de couro nos suspensórios. A viúva retirara o alfinete de segurança. Mas onde ela arranjara aquela botoeira? Descosera-a do suspensório velho do marido? Kavaliérov compreendeu inteiramente a ignomínia da sua situação. Fugiu sem paletó para o corredor. Pelo caminho, desprendeu e jogou de lado o suspensório vermelho.

Deteve-se no umbral para a área externa. Não se ouviam vozes no pátio. Caminhou então para a área, e todos os seus pensamentos se embrulharam. Surgiram agradabilíssimas sensações: alegria, langor. A manhã era um encanto. Havia uma brisa ligeira (como se alguém folheasse um livro), o céu azul. Kavaliérov estava num lugar imundo. Um gato, que se assustara com o seu movimento brusco, saiu correndo de um caixote de lixo; a porcaria esfarelou-se atrás dele. O que podia haver de poético nessa pocilga cercada de tantas maldições? E ele ficou ali em pé, a cabeça para trás e os braços estendidos.

Naquele instante, sentiu que chegara a hora, que estava traçada a fronteira entre duas existências: a hora da catástrofe! Romper, romper com tudo o que existira antes... agora, nesse momento, no lapso de duas batidas do coração, não mais; era só atravessar o limiar, e aquela vida repelente, monstruosa, que não era dele, uma vida alheia, imposta, ficaria para trás...

Ficou ali, os olhos desmesuradamente abertos, e, devido à corrida e à perturbação, bem como ao fato de estar ainda fraco, todo o campo visual pulsava diante dele e tornava-se róseo.

E ele compreendeu a magnitude da sua queda. Isso tinha de acontecer. Levara uma vida demasiado fácil e confiante, tinha uma opinião exagerada sobre si mesmo, ele que era vadio, sujo, libidinoso...

E, voando sobre aquela pocilga, Kavaliérov compreendeu tudo.

Voltou, apanhou os suspensórios, vestiu-se. Uma colher retiniu — era a viúva que se arrastava na sua direção —, mas ele deixou a casa sem se voltar. Passou mais uma noite no bulevar. E mais uma vez voltou. Mas estava firmemente decidido!

"Vou fazer com que a viúva compreenda o seu lugar. Não lhe permitirei nem piar sobre o que aconteceu. Tantas coisas podem ocorrer quando se está bêbado. Mas não posso morar na rua."

A viúva estava junto ao fogão, pondo fogo a um cavaco. Ela espiou para ele, por baixo da têmpora, e sorriu envaidecida. Ele entrou. O chapéu-coco de Ivan cobria o canto do armário.

Sentado na cama, Ivan se parecia com o irmão, era apenas um tanto menor. O cobertor rodeava-o como uma nuvem. Sobre a mesa havia uma garrafa de vinho. Ivan bebia do copo o vinho tinto. Parecia ter acordado recentemente; o seu rosto ainda não se alisara depois do sono, e, sonolento, ele ainda se coçava aqui e ali sob o cobertor.

— O que significa isto? — formulou Kavaliérov a clássica pergunta.

Ivan sorriu radiante.

— Isto significa, meu amigo, que temos de beber. Ánietchka, um copo!

Ánietchka entrou. Remexeu no armário.

— Não fique enciumado, Kólia[27] — disse ela, abraçando Kavaliérov. — Ele é muito solitário, que nem você. Tenho pena de vocês dois.

— O que significa isto? — perguntou baixo Kavaliérov.

— Ora, o que estão inventado aí? — zangou-se Ivan. — Não significa nada.

Desceu da cama, segurando a roupa de baixo, e encheu o copo de Kavaliérov.

— Vamos beber, Kavaliérov... Nós falamos muito dos sentimentos... E esquecemos o mais importante deles, meu amigo... A indiferença... Não é verdade? Realmente... Eu penso que a indiferença é a condição melhor da mente humana. Sejamos indiferentes, Kavaliérov! Veja bem! Nós atingimos a tranquilidade, meu caro. Beba. Pela indiferença. Urra! Por Ánietchka! Aliás, hoje... escute: eu... vou comunicar-lhe uma coisa agradável... hoje, Kavaliérov, é a sua vez de dormir com Ánietchka. Viva!

---

[27] Diminutivo de Nikolai. (N. do T.)

POSFÁCIO

Boris Schnaiderman[1]

A OBRA DE IURI OLIÉCHA

Entre as reabilitações literárias ocorridas ultimamente na URSS, uma das mais importantes, sem dúvida, foi a de Iuri Oliécha ou, melhor, de sua obra da mocidade, que representa, inegavelmente, a parte mais vigorosa e expressiva.

Completamente integrado no ambiente literário da década de 1920, Oliécha trouxe uma contribuição importante quer para a temática das letras soviéticas, quer para a elaboração de novas formas estilísticas. Sua prosa ágil, feita de frases curtas que se aliam a uma capacidade extraordinária de transmitir em pouquíssimas palavras uma situação, um tipo, um estado de espírito, graças, em grande parte, a um jogo riquíssimo de metáforas incisivas e originais. Exemplos: "O coração pula como um ovo em água fervente", "Chapiro, um judeu velho e melancólico, cujo nariz lembrava de perfil o número seis", "Eu estava ainda na idade em que o homem engole a saliva, antes de proferir uma frase", "Deteve-se, enrolado na capa, negro e piramidal, iluminado pelas janelas,

---

[1] Em duas ocasiões Boris Schnaiderman escreveu criticamente a respeito da obra de Iuri Oliécha. A seguir, os textos publicados no *Suplemento Literário* de *O Estado de S. Paulo* em 9/11/1957 e 25/5/1963, respectivamente, com os títulos "Resenha bibliográfica — Iuri Oliécha, *Izbranie sotchiniêniia* [Obras escolhidas], Gossudárstvienoie Izdátielstvo Khudójestvienoi Litieraturi (Editora Estatal de Belas-Letras), Moscou, 1956" e "A arte do romance — Oliécha e a ambiguidade". (N. da E.)

como numa ilustração". No entanto, este escritor tão vivo e original estava quase banido das letras. Seus livros não se reeditavam e seu nome geralmente não aparecia nas histórias da literatura publicadas na URSS. O *Dicionário enciclopédico*, editado em Moscou em março de 1955, não lhe faz qualquer alusão, embora figurem nele escritores soviéticos bem menos importantes. Praticamente desconhecido pelas novas gerações soviéticas, seu nome era, todavia, lembrado pelos leitores mais velhos e conservava-se familiar aos conhecedores estrangeiros de literatura russa (observe-se o carinho com que Rubem Braga a ele se refere no prefácio da antologia *Os russos antigos e modernos* [Editora Leitura, Rio de Janeiro, 1944]).

A edição de suas *Obras escolhidas*, com 150 mil exemplares, acompanhada de edição de romances e novelas isoladas, bem como da encenação de suas peças teatrais, constituiu sem dúvida a melhor forma de reabilitação. O livro contém ainda desenhos a nanquim de F. Zbárski, muito vivos e perfeitamente adequados ao estilo de Oliécha. A própria introdução de V. Piertzóv, apesar de nos parecer bastante unilateral e incompleta, não chega a destoar grandemente do conjunto.

Vem a seguir a obra mais discutida de Oliécha: a novela *Inveja*, escrita em 1927. Surge nela o contraste entre Kavaliérov, um intelectual decaído, que não se adapta ao ambiente criado pela Revolução, e seu protetor ocasional, um alto funcionário soviético que o recolhe na sarjeta e o leva para casa. Grande parte da novela consiste do diário do próprio Kavaliérov, em que transborda toda a sua amargura e todo o seu rancor contra aquela outra humanidade, que ele no fundo inveja. Críticos estrangeiros viram em algumas tiradas do personagem uma exaltação, pelo autor, dos valores individuais face aos coletivos, mas tal asserção não parece ter muito fundamento, pois Oliécha apresenta seu intelectual afundando na mais abjeta miséria material e moral. Outros, como o prefaciador da edição das *Obras escolhidas*, interpretam a oposição Kavaliérov-Bábitchev como o conflito entre o velho e o novo, entre o intelectual que traz em si todos os vícios do passado e o homem que luta pela Revolução. Embora em essência a interpretação pareça exata, é interessante observar que Bábitchev é apresentado sem qualquer espécie de exaltação. Tanto ele como a juventude da época são descritos como gente capaz, ocupada em suas tarefas, mas o autor não lhes infunde muitas outras qualidades positivas. Malicioso e irreverente por excelência, o Oliécha da primeira fase apraz-se em apresentar os pequenos ridículos comuns na vida e no modo de ser mesmo das criaturas "positivas". A novela inicia-se assim: "Todas as manhãs, ele canta no WC". Não são raros também trechos como este: "Era muito agradável ver Bábitchev, por dois motivos: em primeiro lugar, ele era um homem famoso, e em segundo, era gordo. A gordura tornava o homem famoso uma pessoa familiar. Fizeram uma ovação a Bábitchev. Metade dos aplausos eram uma saudação à sua gordura".

Um dos pontos mais altos da novela consiste na descrição dos pesadelos de Kavaliérov, pois Oliécha tem capacidade especial de apresentar uma atmosfera em que se misturam sonho e realidade. No entanto, é no romance *Os três gorduchos*, escrito em 1924, que esta qualidade atinge o máximo poder expressivo. A ação passa-se num país fantástico, onde reinam três homens gordos, que habitam um castelo sobranceiro à capital e oprimem as camadas pobres da população. A apresentação alegórica da luta de classes não descamba para qualquer espécie de demagogia, tudo decorre num ambiente feérico, em meio a mirabolantes aventuras, que terminam pela vitória dos pobres e pela tomada do castelo dos "três gorduchos". Há um encanto especial nos tipos deste romance: o doutor Arneri, o funâmbulo Tibulo, o armeiro Próspero (para os russos, o nome é paroxítono) e, sobretudo, a deliciosa figurinha da menina Suok.

O volume inclui ainda uma coleção de contos, escritos entre 1928 e 1949, com uma interrupção entre 1937 e 1947. Embora haja entre eles algumas boas histórias, não podem ser comparadas aos melhores exemplos soviéticos da mesma época. Frequentemente, um tom panfletário, que o escritor se empenha tanto em evitar nos trabalhos anteriores, aparece francamente nessas histórias. Aliás, a partir de 1932 aproximadamente, há uma sensível queda de qualidade nos escritos de Oliécha, o que pode ser observado tanto nos contos como em trabalhos de outra natureza. O escritor que soubera expressar, em *Os três gorduchos*, os fatos revolucionários de seu tempo, acaba por amoldar-se a um otimismo estreito e convencional. Seu próprio estilo modifica-se então, desaparecem as metáforas brilhantes, tudo se reduz a uma sucessão de páginas inexpressivas. Somente de quando em vez percebe-se ainda o escritor sincero e vigoroso, principalmente nas páginas comovidas que dedica a seus companheiros de vida literária falecidos, como Eduard Bagritzki e Iliá Ilf.

Depois desse período de decadência, pode-se delinear uma nova fase na atividade literária de Oliécha: seus últimos trabalhos. O volume contém alguns datados de 1954-56. Infelizmente, não figura ali qualquer obra de algum vulto, mas as próprias anotações ligeiras, dedicadas em grande parte a temas literários, parecem revelar a superação da fase anterior. Seu estilo adquire certa sobriedade e dignidade. O abandono das metáforas brilhantes é explicado pelo próprio autor com a elaboração de uma prosa que não se dirija tanto para os demais escritores como para o grande público.

Nos escritos dessa fase, são frequentes as notas autobiográficas e, por vezes, Oliécha transmite informações interessantes. Descrevendo a leitura feita por Maiakóvski, num teatro de Khárkov, de seu poema recém-escrito "150.000.000", trata do aparecimento do poeta sobre um palco enorme, em que havia apenas uma mesinha e umas poucas pessoas. "Eu estava convencido de que surgiria um homem de ar teatral, com cabelos ruivos, quase um bufão... Era natural que se formasse em nós semelhante imagem de Maiakóvski, pois sabíamos de sua blusa amarela e de seus escândalos literários no passado. Mas foi um homem bem diferente que veio dos bastidores! Sem dúvida, ele nos impressionou pela estatura avantajada; surpreendeu-nos ainda com seus olhos de extraordinário vigor e beleza, que surgiam sob a fronte... Mas, de um modo geral, era um homem com o aspecto habitual da gente soviética, um tanto cansado, de jaqueta com gola de pele de carneiro e chapéu também de carneiro, um pouco descambado para trás. Tornou-se evidente, no mesmo instante, que, embora aquele homem fosse um poeta famoso, não viera colher louros, mas trabalhar. Mais tarde, eu veria Maiakóvski no período de suas palestras no Instituto Politécnico de Moscou e então haveria de se fortalecer a imagem de homem que trabalha: ele tiraria sobre o estrado o paletó e arregaçaria as mangas."

Outras anotações literárias recentes de Oliécha revelam uma liberdade de julgamento realmente promissora. Destoando do tom ufanista com que alguns escritores soviéticos julgam a literatura de seu país, ele escreveu, por ocasião do falecimento de Thomas Mann: "Morreu o último dos grandes escritores". E esses "grandes", a seu ver, foram: H. G. Wells, Kipling, Anatole France, Bernard Shaw, Górki, Maeterlinck, Knut Hamsun e Thomas Mann.

Oliécha está atualmente com 58 anos. O tom geral de seus últimos escritos permite esperar que ainda produza alguma obra que, ao menos, possa ser colocada no mesmo nível dos belos trabalhos de sua mocidade.

(1957)

Oliécha e a ambiguidade

"Nada é simples, tudo é nuance!" — declarava ainda recentemente, em entrevista ao *France Observateur*, o romancista soviético Viktor Nekrássov. No entanto, ao referir-se aos escritores de seu país que mais admirava, citou com especial ênfase, P. Vierchígora, autor de um livro de reminiscências sobre a última guerra (*Os homens de consciência limpa*, 1946), e que de modo algum pode ser apontado como exemplo de uma literatura que procure captar o mundo cambiante sugerido com a simples palavra "nuance". Nesse terreno, parece-nos, nenhum escritor soviético foi tão longe como Iuri Oliécha, sobretudo, com a sua primeira obra, *Inveja*, novela publicada em 1927, e que até hoje suscita discussões, ataques e defesas apaixonadas.

Numa época em que já tendia a predominar uma apresentação unilinear e monolítica da realidade, Oliécha apresentou uma obra em que tudo é matizado e passível de mais de uma interpretação, um reflexo da vida interior, que raramente se enquadra nos contrastes simplistas de preto e branco.

O seu personagem central, Kavaliérov, um intelectual decaído, é apanhado na sarjeta por um alto funcionário soviético, diretor de uma empresa produtora de gêneros alimentícios, que o leva para sua casa e procura integrá-lo na sua vida. Esse intelectual tece loas ao individualismo e à vida ocidental, mas em suas arengas há uma boa dose de autoflagelação, e o autor trata o caso com evidente ironia. Ao mesmo tempo, porém, a inveja que o personagem sente pelo mundo novo que se constrói à sua volta aparece como um sentimento tão rico, há tal variedade de matizes na sua vida interior, que, se a comparamos com a mentalidade honesta e singela dos homens novos dos construtores, vemos que o autor introduz no relato uma espécie de ironia em relação à sua própria ironia. E qualquer conclusão parece precipitada, pois o que se pisa é um terreno movediço, um país sem contornos precisos, o próprio reino da ambiguidade.

Veja-se um exemplo:

"Aproximei-me de um espelho de rua. Gosto muito dos espelhos de rua. Eles surgem inesperadamente, e interpõem-se no nosso caminho. Você tem um caminho sossegado, um habitual caminho urbano, que não lhe augura maravilhas nem visões. Você vai andando sem supor nada, levanta os olhos e, de súbito, por um instante, começa a compreender: modificações inauditas ocorreram no mundo, nas leis do mundo.

Transgrediu-se a Óptica, a Geometria, a essência daquilo que tinha sido a sua caminhada, o seu movimento, o seu desejo de ir justamente para onde estava indo. Você começa a crer estar vendo com a nuca, você até sorri perplexo para os transeuntes, você se encabula com esta sua vantagem.

— Ah... — suspira você baixinho.

O bonde, que mal acaba de sumir dos seus olhos, de novo corre na sua frente, e corta a beirada do bulevar como a faca corta uma torta. O chapéu de palha, pendurado por uma fita azul-celeste no braço de alguém (faz um instante que você o viu, ele atraiu a sua atenção, mas você não se dignou a virar-se), volta para você, flutua rente aos seus olhos.

Diante de você abre-se a distância. Todos estão convencidos: isto é uma casa, uma parede, mas você foi contemplado com uma vantagem sobre os demais: isto não é uma casa! Você desvendou um segredo: aqui não há uma parede, aqui há um mundo misterioso, onde se repete tudo o que você acaba de ver, e repete-se com aquela nitidez e estereoscopia inerentes apenas aos vidros de diminuição do binóculo.

Você, como se diz, está passando da conta. Tão inesperada é a transgressão das normas, tão inconcebível é a alteração das proporções. Mas você se alegra com a vertigem... Adivinhando do que se trata, você se apressa na direção do quadrado claro que se azula. O seu rosto pende imóvel no espelho, somente ele tem as formas naturais, somente ele é uma partícula que se conservou do mundo exato, enquanto tudo ruiu, modificou-se e adquiriu uma nova exatidão, que você de modo algum consegue apreender, ainda que passe uma hora inteira frente ao espelho, onde o seu rosto aparece como que num jardim tropical. A verdura é demasiado verde, é demasiado azul o céu.

Você não dirá jamais com certeza (enquanto não voltar as costas ao espelho) em que direção vai o pedestre que você observou no espelho... Somente se você se virar..."

Frisando ainda mais o paradoxal da visão que aparece na novela, os contornos desse mundo são de todo imprecisos, mas ele às vezes surge marcado interiormente por contrastes fortes, o que o autor consegue com um jogo de metáforas inclusivas: "O coração pula como um ovo em água fervente", "Chapiro, um judeu velho e melancólico, cujo nariz lembrava de perfil o número seis", "Pairava sobre a cidade uma nuvem enorme, com o contorno da América do Sul", "Deteve-se, enrolado na capa, negro e piramidal, iluminado pelas janelas, como numa ilustração".

Ao tratar da obra de Oliécha, houve críticos ocidentais que viram nela qualquer coisa de proustiano, e certamente a comparação tem a sua razão de ser. Mas, ao mesmo tempo, Oliécha continua uma rica experiência da própria literatura russa: o verso e a prosa desenfreados dos futuristas, as variações de som e de colorido dos prosadores simbolistas, a frase curta e incisiva da época, e que fora levada ao máximo da expressividade por Isaac Bábel.

Não tenhamos dúvidas: houve durante muito tempo referências em profusão ao realismo russo, mas esquece-se com demasiada frequência que os mesmo autores que nos transmitiram um retrato do seu tempo, muitas vezes frisaram uma superação da mera realidade empírica. O grotesco de Gógol, as alucinações de Dostoiévski, as visões aberrantes de Leskov, os contos de Khliébnikov, que antecipavam o surrealismo, a visão fantasmagórica do romance *Petersburgo*, de Andrei Biéli — eis outros aspectos da literatura russa, que é importante frisar. E nesse contexto se vem colocar a novela de Oliécha. Se houve na literatura soviética uma tendência para reproduzir a própria realidade, segundo processos que representavam um desenvolvimento do realismo tradicional, se nesse terreno Mikhail Chólokhov é um grande romancista, a novela de Oliécha sem deixar de ser genuinamente russa, enquadra-se numa linha que não diverge muito da que está marcada pelos nomes de Kafka, Joyce e Proust.

Como era de se esperar, o mundo ambíguo de Oliécha foi alvo de muitos ataques na Rússia. As arengas de Kavaliérov foram apontadas como algo incompatível com a literatura soviética, com o espírito da construção socialista. Por outro lado, não faltou também quem mostrasse que o essencial na novela era a luta do velho e do novo, e que este, afinal, acabava vencendo. Também no Ocidente as opiniões divergiram, e chegou-se a citar a discurseira do personagem como uma reivindicação dos direitos do indivíduo. Ora, fazer afirmações tão categóricas em relação ao mundo instável e movediço de *Inveja*...

Na situação em que se encontrou a vida literária soviética nos anos que se seguiram à publicação da novela, era realmente impossível a um escritor continuar expondo um mundo tão impreciso. O autor ainda adaptou a obra para o teatro, com o título *A conspiração dos sentimentos*. Passando a um terreno menos perigoso, transmitiu na novela fantástica *Os três gorduchos* uma representação alegórica da luta de classes, numa narrativa sem quaisquer laivos de sectarismo, e onde o colorido e a vivacidade já demonstrados em *Inveja* encontravam excelente aplicação. Essa novela também foi adaptada pelo autor para o palco. Em 1931, publicou uma coletânea de contos com o título de um deles, "O caroço de cereja". Neste se refletem as qualidades mestras dos seus primeiros escritos de ficção, mas outras histórias já indicam uma queda de nível, uma procura forçada de soluções e de personagens positivos. E a mesma crítica que lhe censura mais de uma vez a ausência desses personagens apontou-lhes, agora com razão, o caráter unilinear e esquemático. Ao mesmo tempo, o próprio estilo se empobrecia, desapareciam dele as metáforas brilhantes, e somente de vez em quando ainda se podia perceber, na colaboração de Oliécha na imprensa, o escritor sincero e vigoroso, principalmente nas páginas comovidas que dedicou a seus companheiros de vida literária falecidos, como Eduard Bagritzki e Iliá Ilf. Ainda em 1931, publicou a peça *Uma lista de benfeitorias*, que tem igualmente por tema as contradições entre a psicologia de um intelectual e as condições da nova sociedade.

    Anos a fio, Oliécha manteve-se praticamente mudo. Por exemplo, o volume das suas *Obras escolhidas*, publicado em 1956 pela Editora Estatal de Belas-Letras [Gossudárstvienoie Izdátielstvo Khudójestvienoi Litieraturi}, de Moscou (e que marcava, com a apresentação gráfica e com as ilustrações de F. Zbárski, um afastamento do mau gosto da era stalinista), não contém nada que tivesse escrito entre 1937 e 1947.

Após um período de franca decadência, pode-se delinear uma nova fase na atividade literária de Oliécha: os seus trabalhos dos últimos anos. Trata-se por enquanto de artigos e anotações ligeiras, muitas vezes de fundo autobiográfico. O seu estilo adquire neles certa dignidade sóbria. Desaparece o mundo ambíguo e vacilante de *Inveja*, o autor parece querer mostrar-se plenamente seguro no chão que pisa. Poderá ele evidenciar nesse terreno a mesma vitalidade que no mundo impreciso de *Inveja*? Ou teremos aí mais um exemplo de um autor virtualmente devorado pela sua primeira obra? O que ele escreve é sério, equilibrado, quase diríamos "distinto". Às vezes, aparece até um toque de profundidade. Mas, feitas as contas, nada disto se aproxima sequer da sua primeira e grande realização.

(1963)

SOBRE O AUTOR

Iuri Kárlovitch Oliécha nasceu em 1899 em Elizavetgrad (atual Kropivnitski), na Ucrânia, em uma família de meios modestos. Cresceu em Odessa, onde teve contato com escritores eminentes como Isaac Bábel, Iliá Ilf e Valentin Katáiev, e participou dos círculos literários "Lâmpada Verde" e "Coletivo dos Poetas". Em 1919, durante a Guerra Civil, abandonou o curso de direito para se juntar ao Exército Vermelho, e passou a produzir material de propaganda. Neste ano começa a publicar poemas e artigos satíricos no *Gudók* (Sirene), o jornal dos trabalhadores ferroviários, sob o pseudônimo "Zubilo" (Cinzel).

Em 1924 escreve a novela *Os três gorduchos*, que seria publicada três anos depois. Inspirada nos contos de fadas russos, este retrato romântico da revolução é talvez sua obra de maior apelo popular, tendo rendido uma peça de teatro, montada por Stanislávski em 1930, uma ópera, um drama de rádio e quatro adaptações para o cinema. Em 1927 a revista *Krásnaia Nov* publica *Inveja*, considerada sua obra-prima. Apesar de uma primeira recepção calorosa, inclusive de figurões como Górki e Lunatchárski, com o tempo as ambiguidades desta novela fizeram com que o autor caísse no desfavor dos críticos comunistas. Antes de se calar por completo, Oliécha publicou ainda alguns contos e peças para teatro, sendo cada vez mais taxado de decadente e, por vezes, reacionário.

Em 1934 fez um discurso no primeiro Congresso dos Escritores Soviéticos, onde foram dadas as diretrizes para a nova prosa soviética, o estilo conhecido como realismo socialista. Em seu discurso, uma defesa do humanismo e do individualismo, Oliécha identifica-se com o personagem de *Inveja*: "Disseram que Kavaliérov era chulo e uma nulidade. Sabendo que muito do que há em Kavaliérov é meu, encarei esta acusação como direcionada a mim".

Como muitos de seus contemporâneos, Oliécha foi ativo em diversos gêneros. Adaptou suas duas novelas para os palcos, tendo *Inveja* sido montada pelo célebre Meyerhold sob o título *A conspiração dos sentimentos* (1929). Com Meyerhold ele voltaria a colaborar em 1931 na peça *A lista de benefícios*. Após abandonar a literatura, escreveu vários roteiros para cinema, e em 1958 trabalhou na adaptação de *O idiota*, de Dostoiévski, para o Teatro Vakhtángov. Morreu em 1960, em Moscou.

SOBRE O TRADUTOR

Boris Schnaiderman nasceu em Úman, na Ucrânia, em 1917. Em 1925, aos oito anos de idade, veio com os pais para o Brasil, formando-se posteriormente na Escola Nacional de Agronomia do Rio de Janeiro. Naturalizou-se brasileiro nos anos 1940, tendo sido convocado a lutar na Segunda Guerra Mundial como sargento de artilharia da Força Expedicionária Brasileira — experiência que seria registrada em seu livro de ficção *Guerra em surdina* (escrito no calor da hora, mas finalizado somente em 1964) e no relato autobiográfico *Caderno italiano* (Perspectiva, 2015). Começou a publicar traduções de autores russos em 1944 e a colaborar na imprensa brasileira a partir de 1957. Mesmo sem ter feito formalmente um curso de Letras, foi escolhido para iniciar o curso de Língua e Literatura Russa da Universidade de São Paulo em 1960, instituição onde permaneceu até sua aposentadoria, em 1979, e na qual recebeu o título de Professor Emérito, em 2001.

É considerado um dos maiores tradutores do russo em nossa língua, tanto por suas versões de Dostoiévski — publicadas originalmente nas *Obras completas* do autor lançadas pela José Olympio nos anos 1940, 50 e 60 —, Tolstói, Tchekhov, Púchkin, Górki e outros, quanto pelas traduções de poesia realizadas em parceria com Augusto e Haroldo de Campos (*Maiakóvski: poemas*, 1967, *Poesia russa moderna*, 1968) e Nelson Ascher (*A dama de espadas: prosa e poesia*, de Púchkin, 1999, Prêmio Jabuti de tradução). Publicou também diversos livros de ensaios: *A poética de Maiakóvski através de sua prosa* (Perspectiva, 1971, originalmente sua tese de doutoramento), *Projeções: Rússia/Brasil/Itália* (Perspectiva, 1978), *Dostoiévski prosa poesia* (Perspectiva, 1982, Prêmio Jabuti de ensaio), *Turbilhão e semente: ensaios sobre Dostoiévski e Bakhtin* (Duas Cidades, 1983), *Tolstói: antiarte e rebeldia* (Brasiliense, 1983), *Os escombros e o mito: a cultura e o fim da União Soviética* (Companhia das Letras, 1997) e *Tradução, ato desmedido* (Perspectiva, 2011). Recebeu em 2003 o Prêmio de Tradução da Academia Brasileira de Letras, concedido então pela primeira vez, e em 2007 foi agraciado pelo governo da Rússia com a Medalha Púchkin, em reconhecimento por sua contribuição na divulgação da cultura russa no exterior.

Faleceu em São Paulo, em 2016, aos 99 anos de idade.

NARRATIVAS DA REVOLUÇÃO
Direção de Bruno Barretto Gomide

Iuri Oliécha, *Inveja*, tradução, posfácio e notas de Boris Schnaiderman.

Nikolai Ognióv, *Diário de Kóstia Riábtsev*, tradução e notas de Lucas Simone, posfácio de Muireann Maguire.

Ievguêni Zamiátin, *Nós*, tradução e notas de Francisco de Araújo, posfácio de Cassio de Oliveira.

Boris Pilniák, *O ano nu*, tradução e notas de Lucas Simone, posfácio de Georges Nivat.

Viktor Chklóvski, *Viagem sentimental*, tradução e notas de Cecília Rosas, posfácio de Galin Tihanov.

Este livro foi composto em Sabon, pela Bracher & Malta, com CTP da New Print e impressão da Graphium em papel Pólen Soft 80 g/m² da Cia. Suzano de Papel e Celulose para a Editora 34, em novembro de 2017.